ばにらさま

山本文緒

文藝春秋

目次

ばにらさま

ばにらさま

突然生活が白くなった。僕は今、白いワイシャツを着て白いオフィスで日々働いている。ブルージーンズに青い前掛けをして汗をかき、納税は永遠に青色申告だったはずなのに、予期せずホワイトカラーになった。しかも白い恋人までいる。人生は本当にわからない。

僕の白い恋人は、比喩ではなく本当に白い。丸の内で働いているような女の子はみんなお雛様みたいな白い化粧だけれど、彼女はうなじから二の腕の内側までバニラアイスクリームのように白い。ふっくらして見えるからコンプレックスなのだと本人は言っていたが、どこも彼女はふっくらしていない。むしろ胸とか腰のあたりなんかは、もうちょっとふっくらしたほうがいいと思うくらいに細い。

「すごい汗」

そう言って笑い、彼女はこちらにハンカチを差し出した。パステルカラーの小さなタオルハンカチを僕はこの三カ月で何回借りただろう。

「デブで汗かきでお恥ずかしい」

「新陳代謝がよくて羨《うらや》ましい。私は冷え性だからなかなか汗かけなくて」

テーブルの向こうで彼女は優しげに目元をゆるめた。冷え性というわりには、コートを脱いだら半袖ニットだった。短いスカートから出た足には素足と見紛うほど薄いストッキングを穿《は》いている。飲食店はどこも暑いくらい暖房を入れてはいるが、それにしても彼女はいつも驚くほど薄着だ。もうすぐ十二月がやってくる。彼女のコートは薄手のトレンチコートで、お洒落なのかもしれないがいかにも頼りない。

週末でもないのに店は混んでいた。僕がネットで見つけてきたタイ料理屋は、評判通り女の子が好きそうな内装だし店員の対応もよかった。タイ料理など初めて食べるので余所《よそ》と比べようがないが、想像以上においしくてトムヤムクンを一気に平らげた。そうしたら全身が熱くなって大量の汗が噴きだしたのだ。スパイスおそるべし。彼女はにこやかだったが取り皿の料理はあまり減っていなかった。最初の頃は彼女の箸が進まないと店選びに失敗したかとどきどきしたものだが、今は彼女の小食ぶりにも慣れてきた。顔中の汗を拭き一息つくと、彼女がウーロン茶ばかりに口をつけていることに気がついた。

「デザートでも頼む？」

「んー、広志君は？」

「そうだなあ。お店混んできたし、どこかへお茶飲みに行こうか」

にっこりして彼女は頷《うなず》く。レジで会計して店の外に出ると、先に出ていた彼女が「ごちそうさまでした」と頭を下げた。いやいやいやとお金を出した僕の方が何故か恐縮してしまう。これも毎度のことだ。

銀座は街全体がクリスマスツリーのようで、どこを歩いてもきらめいていた。彼女の方から手をつないできたので、ぎくしゃくと細い指を握り返すと氷みたいに冷たくなっていたのでぎょっとした。早くあったかい場所に連れていかなくてはと気がせいた。

「竹山さん、寒いんじゃない？　そこのスタバに入ろうか」

「んー」

「じゃあさ、前に映画観た帰りに行ったカフェは？　ここから近かったよね。ちょっとお茶高いけど」

「うん。大丈夫。そうしようか」

食事代は僕が出しお茶代は彼女が出す。なんとなくデートの際の分担はそう決まっていた。僕は実家暮らしで彼女は一人暮らしだから、本当は僕が全部出してもいいくらいなのだが、彼女の方から少しは出させてと言ったのだ。そういう流れで食事の店は僕が探し、お茶は彼女の知っている店に行くことが多い。彼女はカフェに詳しかったのでまかせた方が楽だった。

ヨーロッパの高級チョコレート店が経営しているカフェは、酒も食事も置いていないせいかわりと空いていた。僕も彼女も酒を飲まないので、コース料理でもない限り一時間くらいで食事は終わってしまう。街に繰り出した人々はまだ一次会の最中だろう。窓際のソファ席に案内され、彼女はコートを脱いで半袖姿になる。はす向かいに腰をおろすと、白いソファに彼女のチャコールグレーのニットがよく映えた。ちょっと大きすぎる椅子が、彼女を人形めいて見せている。僕は辛い料理の反動で甘いものが欲しくなっていたのでココアを頼み、彼女はハーブティーを頼んだ。

「ええと、竹山さん、二十四日はなにか予定あるの？」

僕が聞くと彼女は大きな目で僕をじっと見た。そして唇を尖《とが》らせる。

「イヴはデートじゃないの？　それと、名前の方で呼ぶってこの前約束したじゃない」

「うん、そうか、そうだよね。どうもこういうの慣れなくて」

「名前で呼んでね」

「うん、瑞希ちゃん」

耳が熱くなる。叫びだしたいほど照れる。女の子を名前で呼んだことなんて一度もない人生だったのだ。彼女はすねるのをやめて小首を傾《かし》げて笑った。

「でも年末だし仕事なら無理しないでね」

「大丈夫。ちょっと残業あるかもしれないけどごめんね。それから、教えてもらったレストラン、両方とも満席で予約できなかったんだ」

「そう。人気店みたいだもんね」

「変かもしれないけど、ちゃんこ鍋屋ですごいおいしいとこ知ってるんだ。クリスマスにちゃんこ鍋なんかいやだったら他のとこ探してみるけど」

「ううん大丈夫。そんなにおいしいの？　わたし、食べたことない」

彼女の笑顔に変化はなかったので、僕は胸を撫でおろした。

「ソップ炊きっていって鶏出汁《だし》なんだ。元々は相撲部屋で来客用に作るものらしいんだけど、そこのは上品だし、芸能人とかもたまに来るみたいで」

「嬉しい。ありがとう」

お礼を言われて、また額に汗が噴き出すのを感じた。彼女にありがとうと言われると血圧が上がる。借りたままだったタオルハンカチで汗を拭いていると、彼女が窓の外のイルミネーションに目をやって「綺麗ねえ」と呟《つぶや》いた。僕は喋るのをやめて頷いた。

時折瑞希はぼんやりと黙ってしまうことがある。最初の頃はその沈黙がこわくて無用に話しかけてしまったが、最近はやっとそんな彼女を眺めるくらいの余裕が生まれた。

首筋が軽くねじられて顎の線がよく見える。きゃしゃな肩に髪がふんわりと落ちていた。美人で髪がきれいで手足が細くて、どこもかしこもきらきらしている。こんなあか抜けている女の子と自分がつきあっているなんて未だに実感がわかない。

つきあってくださいませんか、と彼女の方から言われたとき、いいですよどこでも行きますよこう見えてフットワークは軽いんですと言って笑われた。まさか交際を申し込まれているとは思わないじゃないか。新米の僕は外回りやお使いを言い渡されることが多かったし、会社の女の人はみんなきれいで口をきくことすら畏《おそ》れ多いと思っていた。いったい瑞希は僕みたいな男のどこが気に入ったのだろう。

長い睫毛《まつげ》に見とれていると、ふとこちらを彼女が見た。僕は急いでうつむく。じろじろ見ていたことがばれただろうか。

「そろそろ帰りましょうか。明日も仕事だしね」

先生に優しく諭される幼稚園児になった気分で僕は頷いた。

十一月二十六日
友達とタイ料理を食べてきました。お値段のわりにはまあまあおいしかったけど、酔っぱらって騒いでる人がいっぱいでうるさかった。酔っぱらいはきらい。

でもステキな彼氏と一緒ならわたしも少しは酔っぱらってもいいかな。最近お酒飲んでないなー。

銀座はクリスマス一色できれいだったけどなんだか淋《さび》しくなっちゃった。今年のクリスマスは一人なのかな。この前買ったシルクのワンピース、クリスマスにおろそうと思ってたのにな。合コンに着ていくには派手だしな。

髪からスパイスとか煙草の臭いがする。洗ってから寝ようかな。でもどうせ朝洗うしな。

お弁当用のご飯パック、まだあったかな。買いにいかないと。お部屋も片づけないと。

毎日つまんないことで忙しくていやんなる。


やきんと聞いた時、夜勤の仕事かと思った。就職を世話してくれた人は大きく笑って、手元にあったメモに「冶金」と書いてくれた。それでも何のことやら僕にはわからなかった。狭い世界しか知らなかった僕は、その人に勧められて勤めに出てみることを決心した。

巨大金属グループが出資している冶金研究機関。僕はそこで業務内容がわからないまま使い走りのようなことをして働きだした。安物のスーツを着てネクタイを締めて、地下鉄に乗って首から下げたＩＤカードでオフィスのドアを開けて。ちなみに冶金とは、山から鉱石を掘り出してそれらを細かく砕き、取り出した鉱物の純度を高めて精錬し、さらにそこから必要となる鉱物の純度を商品価値のある程度にまで上げる一連の工程なのだそうだが、それと僕の日常業務はまったく関係はない。山にも行かないし熱でどろどろに溶けた鉱物をかき回しにも行かない。ましてや研究しようにも辞書を引くところからやらないとならない。直属の女性上司にどこから勉強したらいいのか尋ねたら、あなたが研究するわけじゃないんだからいいのよと、優しいのか冷たいのかわからない返事をされた。

確かに僕が所属しているのは対外的なアレンジを請け負う部署で、実際の研究内容とは関わりがない。なのでわけがわからないなりに頼まれた雑用をこなしているだけで、日々はどんどん過ぎ去っていった。その日も覚えたばかりのソフトを使って、朝からずっと資料の統計グラフを作っていた。

「中嶋《なかじま》君、ランチ行かない？」

声をかけられて顔を上げると、件《くだん》の女性上司が立っていた。彼女の肩越しに見えた壁の時計が午後一時を回っていた。

「ええと、今ちょっと手こずってて」

「休憩しないと効率上がらないわよ。朝からずっとモニターに張り付きっぱなしで。ほら立って立って」

この人にはたまに昼食に誘われるのだが、いつもランチセットが二千円以上するような店に連れて行かれるので気が進まなかった。もちろん彼女がご馳走してくれるのだが、それはそれで落ち着かない。

「新しい四川料理の店が隣のビルにできたのよ。そこ行きましょう」

「すみません、僕ダイエット中なんで遠慮しときます」

きょとんとしてから何故だか女上司は爆笑した。

「ダイエットね。中嶋君でも痩《や》せたいとか思うのね」

「はあ、社会人になってから七キロ増えちゃって」

「羨ましいわね。普通神経使ってげっそりするもんじゃない？　あんまり無理しないで、仕事もダイエットもリラックスして。あ、木崎さんお昼これから？　一緒に行きましょうよ」

ちょうど通りかかった経理の女性に声をかけ、彼女はこちらを振り返ることなく廊下へ出ていった。主任補の肩書きを持っている人なのだが、仕事はあまり教えてくれないし、妙に気疲れする人だ。僕は息を吐いてコンピュータをスリープモードにした。

体重を気にしているのは本当だった。社会人になるまで家業の酒屋を手伝っていたので、その頃に比べたら圧倒的に体を動かすことが減っていた。それに慣れないサラリーマン業が大きなストレスにもなっているのだろう。ストレスで痩せる人間もいれば太る人間もいる。母親が離婚でごたごたしていた頃、やはり急激に太り、見た目は頑丈そうなのによくめまいを起こしていた。今の母はすっかり元通りになって、あの頃よりどうかすると若く見える。

しかしストレスだからと勤めを辞められたら誰も苦労はしないだろう。ウドの大木と言われないように仕事も減量も頑張るしかない。気合いを入れて僕は立ち上がった。オフィスが入っているビルの地下にはコンビニエンスストアがあり、昼食はもっぱらそこで調達していた。このあたりでは安く手軽に昼食を食べられる店はほとんどなく、弁当売りのバンもあちこちにやっては来ているがそれも一時近くになると売り切れる。そうなると億劫《おっくう》でついついコンビニで売っているものでいいやという気になってしまう。この投げやりな感じもきっと太る原因なのだろう。油っぽくて刺激の強い調味料に味覚と食欲が騙《だま》される。

エレベーターホールに向かう途中、余所の事務所の女の子達とすれ違った。このオフィスビルには小さな事務所が沢山入っているが、どの会社も名前は大手ばかりだ。うちの研究所も本体は地方にあるのだが、行政と結びつきを持つため霞ヶ関に近い場所に事務所が必要なのだそうだ。他の会社もきっとそういう理由なのだろう。働いている人間は男も女も年輩者も若者も皆一様に小綺麗だ。その中でひときわ僕の目を引くのが女の子達だった。この界隈で働く女性は、大雑把にふたつに分けられることが分かった。僕の女上司のように細いパンツスーツを着るグループと熱帯魚のようにひらひらオフィスを行き来するグループ。パンツスーツはゆうゆうと一匹で泳ぎ、熱帯魚は群れている。群れているのは正社員ではなく派遣で働く子がほとんどだった。すれ違った女の子達の色とりどりのスカートの裾を振り返って眺め、視線を戻すと目の前にもう一匹いたのでぎょっとした。

「これからお昼?」

瑞希がランチバッグを手に提げて微笑んでいた。

「あ、うん、びっくりした。ぼうっとしてたから」

いやに唇がつやつやしていたので、化粧直しをしてきたところなのだろう。

「どこに食べに行くの?」

「コンビニだよ。毎日コンビニ弁当。瑞希ちゃんは今日も手作り弁当?」

「うん。このへんどこも高いもんね。たまにしか外でランチしないよ。中嶋君のも作ってあげようか」

　あっさり言われて僕は慌てて首を振った。

「とんでもない。自分の分だけで大変でしょ」

「ひとつもふたつも一緒だってば」

「うん。でも気持ちだけで。ありがとう」

　そこでエレベーターが音を立てて開いた。中から昼食帰りの人々がはき出される。彼女は片手を胸のところで小さく振った。そのしぐさにぐっときて、僕は「瑞希ちゃん」と行きかけた彼女を呼び止める。降りてきた人がちらりとこちらを見た。

「明日の土曜日、ごめんね」

「そんなのいいって。お母様の誕生日なんでしょ。親孝行してきてね」

　エレベーターに乗り込んでから、僕は今もらった彼女の言葉を反芻《はんすう》した。お母様って柄ではないが確かに僕にはたった一人の母親で、社会人になってはじめての母の誕生日なので何か喜んでもらえることがしたかった。たとえ彼女の誘いを断ってでも。

　地下に降りると、コンビニは若い会社員達で溢れかえっていた。萎《な》える気持ちと裏腹に空腹感が大きくなった。瑞希の手作り弁当はどんなだろうか。きっと雀の弁当箱みたいにほんのぽちっとしか飯が入っていないに違いない。そんなことを考えながらカロリーの低そうなサンドイッチを選んでレジの長い列に並んだ。

十一月二十九日
久しぶりに部屋を片づけた。お休みの日はだいたい遊びに出ちゃうからね。掃除機かけてお洗濯して冷蔵庫の整理もして。食べなかったプリンがいっぱい出てきた。夕方から新宿に出てみた。うちに一人でいるのってやっぱり苦手。

雑誌に載ってたコートを見つけたので試着してみました。Aラインで見れば見るほどかわいい。七号はもう最後の一枚だって言われてちょっと予算オーバーだったけどカードで買っちゃった。

あさってはもう十二月。早いなあ。

子供の頃、冬って大好きだった。クリスマスがあってお正月があってバレンタインデーがあってホワイトデーがあって。

男の人もそういうのって楽しいって思うのかな？

ていうか、男の人ってだいたいみんなマザコンだよね。

なんでもご馳走するから遠慮しないで言えと言ったのに、母親は「ごろう寿司に行きたい」の一点張りだった。お袋はきっと社会人になったばかりの息子を気遣って言っているのだと思っていたが、ごろう寿司で夕方の早い時間から寿司をつまみ、常連のお客さんや学校から帰ってきた大将の子供なんかと軽口をたたいている母親は心から楽しそうだった。何も遠慮していたわけではないことをその笑い声で知った。もしかしたら新しい生活にまだ馴染めてないのだろうかと、そんな危惧さえ生まれるほどだった。

一通り食べてから腰を上げるともう帰るのかと引き留められたが、母は「これでも新婚さんなんだからね」と言って皆を笑わせていた。店を出ると、お茶を飲んでから帰るというのでぶらぶら歩いて家まで戻った。母は店の前に立ち止まり、閉まったままのシャッターをぼんやり眺めてから玄関のほうに回ってきた。

「お袋、あっちでうまくいってないの？」

台所でやかんに水を入れながら聞くと、お尻を叩かれた。

「やあね。不吉なことを言わないでよ」

「だってさ、いやに楽しそうだったから」

「そりゃ毎日楽しいわよ。新婚さんなんだから」

寿司屋で言った同じ冗談を口にする。満面の笑みは空元気という様子でもない。幸せならそれでいいのだが。

僕の体格のよさは母親似だ。昔水泳の選手だったという母は、背が高く頑丈な肩と背中をしていて、ビールケースをふたつもみっつもへっちゃらで持ち上げる。僕が中学に上がる年に離婚をし、ひとりで酒屋を切り盛りしてきた。

お茶を淹《い》れて持って行き、お袋とこたつに入ってテレビを眺めた。こうしていると、もう母がこの家に住んでいないことが奇妙なことに思えた。店舗兼住居の小さな家で、永遠に繰り返されるような気がしていたお袋とふたりきりの静かな夜。

「郷田《ごうだ》さん、出張ってどこ行ってるの？」

「ええとね、デュッセルドルフ」

母はたどたどしく発音した。

「デュッセルドルフ？　ドイツだっけ？」

「さあねえ。広志もいつかそんなどこだかわかんないとこへ出張に行くようになるのね」

歌うようにお袋は言った。郷田さんとは僕の新しい父である。去年、母が突然再婚をした。三十数年ぶりに行われた小学校の同窓会で二人は再会し、お互い離婚経験があって気が合い、交際することになったという。お袋がもう一度結婚するなんて思ってもみなかったが、初めて郷田さんを紹介されたとき、男性の隣ではにかんでいる母を見て、この人も女の人だったんだと改めて思い知らされた。郷田氏は背丈はそれほどではないけれど、大きく見える人だった。静かに、誠実そうに話す人で、照れて笑うと目のきわに柔和な皺ができた。スーツを着慣れている大人と僕ははじめて話したかもしれない。実の父親は優男《やさおとこ》で軽いアルコール依存で、優しいところもあったが子供みたいに手のつけられない人だった。

僕は再婚に賛成した。どうして反対なんかできるだろう。母はひとりで苦労して息子を育て上げた。夜学だけれど大学にも行かせてくれた。相手はしっかりした大人だ。母は人生の再スタートをきるのだ。大学は卒業できる見通しがたっていたし、自立すべき時がきたのだと思った。

しかし、僕は家業の酒屋を継ぐ気で生きてきたので、母が再婚を機に酒屋を廃業していいかと言い出したときは正直困惑した。確かに売り上げはスーパーやコンビニに押されて年々悪くなっていて、店自体も老朽化し、続けるのであれば改装は必至だった。店頭に酒を買いに来る客は今やほとんどなく、近所の飲食店がうちの事情を酌《く》んで注文してくれていて、その収入でなんとか食いつないできたのだ。母が再婚し僕も学生でなくなるなら、いつまでもその温情に甘え続けるわけにもいかないだろう。

せめて働き口くらい世話させてくれないかと新しい父は言った。自分の勤めるグループ内なら口利きでどこかに入れてくれるという。不安は大きかったが僕は彼の提案を受けることにした。小さい世界しか知らない僕は、尻込みしないで外へ出てみようと思った。

「会社はどう？　少しは慣れた？」

お袋に聞かれて僕は頭を掻いた。

「大変だけど、それなりに慣れてきたよ」

「そう?」

「大丈夫。働くのは好きなんだし」

「そうだね。広志は宿題より配達しに行く方が好きだったもんね」

僕が笑って頷くと、お袋は急に真面目な顔になってこちらを覗き込んだ。

「向いてないと思ったら辞めていいんだよ。しばらくは店をこのままにしておくから。また酒屋をやってもいいいし、ここをアパートにでも建て替えれば広志に家賃収入も生まれるし。郷田さんもそう言ってるからね」

僕は曖昧《あいまい》に頷いた。母がそろそろ帰ると言ったので、地下鉄の駅まで送って行った。お袋と郷田さんは世田谷区の新築マンションで暮らしている。緑の多い清潔な住宅地は、同じ都内とは思えないような場所だ。

駅から家に戻る途中、ジーンズの尻に入れてあった携帯が震えた。瑞希からのメールは「親孝行しましたか?」というタイトルだった。返信を打とうとしたが、文面がうまく思いつかず、電話をかけることにした。ツーコールで彼女は電話に出た。家にいるのかと思ったら電話の向こうに雑踏の音がかすかに聞こえた。

「いま電話大丈夫? 外?」

「うん。ちょっとコンビニ」

「そうなんだ。こっちは今お袋と別れたとこ」

「そう、何食べたの？　お母さん喜んでくれた？」

「寿司食った。お袋の好きな店行ったから嬉しそうだったよ」

「よかったね。中嶋君、明日はどうする？」

「あー、どうしようか」

明日の日曜日は特に約束していなかったので、何も考えていなかった。

「どっか行きたいとこある？　映画とか？」

「んー」

「じゃあとりあえず一緒にお昼でも食べて考えようか」

待ち合わせ場所と時間を決めて、おやすみなさいと言い合い電話を切った。彼女の「んー」が否定であることをやっと最近僕は覚えた。それと、約束しなくても休みの日は必ず会うことはどうやら決まっているらしかった。

十二月二日
いいこととわるいことがあった日。
前の職場の人からクリスマスパーティーに誘われました。イヴの夜に恵比寿のホテルだって。会費が一万円もするっていうからびっくりしたけど、女の子が足りないから来てほしいってお願いされちゃった。

朝のテレビに出てる評論家の人の出版記念パーティーを兼ねてて、大人の人ばっかりの集まりらしい。

クラブのイベントとかは盛り上がるけど疲れるから、そういう落ち着いたのはいいかも。

会社の帰りに前から目をつけてたエナメルのサンダル、パーティー用に思い切って買っちゃった。しぶい赤のピンヒール。ずっと飾っておきたいくらいかわいい。

わるいこと。

ポストにカードの明細がきていて、見たくないけどどしょうがなく開けた。今月からリボ払いが月に二万円になってた。リボってずっと一万円なんじゃないの？　そんなに買い物したかなあ。

しかも今月はボーナス払いが引き落とされる月だった。ボーナスなんか出ないのに。

郵便はあとダイレクトメールばっかり。全部まとめてゴミ箱に入れた。


「広志、おまえ俺のこと好きなの？　それともなめてんの？」

僕の顔を見るなり、高明は顔をしかめてそう言った。昔から着ているスタジアムジャンパーを脱ぐと、おしぼりを持ってきた仲居さんに「生ひとつ」と言って座敷に腰を下ろす。

「メリークリスマス」

僕はもう残り少なくなった生の大ジョッキを持ち上げた。

「なんで俺が暇だって決めつけてんだよ。しかもちゃんこ鍋ってなんだよ。どこまで太る気だよ」

「暇だったんでしょ」

「まあな。ババアとケーキ食っててもしょうがねえしな」

高明は商店街の玩具屋の息子で、僕の唯一のツレである。絵に描いたようなオタクだし口も悪いけど、そんなに悪い奴じゃない。中学高校と、酒屋の手伝いで部活も友達づきあいもできなかった僕と、唯一口をきいてくれたのが高明だった。アイドルのコンサートもメイドカフェも彼が誘ってくれた。でもお互いの家でどうでもいい話をしてだらだら過ごす時間が僕は好きだった。

「バニラさまはどうしたのよ。やっぱりふられたか？」

バニラさまとは高明が瑞希につけたあだ名で、写真を見せたらすかさず命名した。甘く見せてこういう女は冷たいよと言った。

「なんか急用だってドタキャンされた」

「クリスマスイブに急用？　ばっかじゃねえの？」

僕は返事をせずに煮えた鶏団子をおたまですくった。野菜もよそって小鉢を高明に差し出す。

「今頃ほかの男とシャンパングラスで君の瞳に乾杯なんじゃねえ？」

ケケケと友は笑った。僕もつられて少し笑った。

「やっぱ、ちゃんこ鍋はなかったかなあ」

「ねえだろ」

「なんかね、やっぱり彼女冷たいんだよ」

高明は鍋の湯気で眼鏡を白くしていた。僕はあぐらをかいて背中をまるめ、ぐつぐつ煮える野菜を見つめた。

「あ、態度じゃなくてさ。むしろ言動は優しいんだ。いつもにこにこしてるしさ。そうじゃなくて体がね、触るとすごくひんやりしてんの。手とか足とか蠟人形みたいでさ。なんかあったかいもの食べさせてあげたかったんだ」

夏の終わりにつきあいだして約三カ月、たまにしか触らせてくれないけれど、瑞希の体はいつも冷たかった。靴下を履いているのを見たことがない。彼女のワンルームマンションのバスタブは冗談かと思うような小ささで、冗談ではなく僕の体では膝を折っても入れなかった。瑞希はいつもシャワーだから構わないのだと言っていた。

「やきんの仕事はどうよ」

人の話をまったく聞いていない顔で、彼はぼそりと尋ねた。

「なんとかやってるよ。そっちは？」

「ガキに中古ソフト高く売りつけて、なんとかやってるよ」

「クリスマスだし忙しいだろ」

「もっと飲めよ」

「一杯でいいんだ。僕、アル中の血筋だから」

「俺は飲むよ。広志の奢《おご》りだろ」

「特別注文で最後にケーキも出るから頑張って食って」

「おまえが頑張れよ」

あまりかみあっていない話をぽつぽつしながら、僕たちは鍋をつついた。店は忘年会の客でやかましく、彼女の嫌いな酔っぱらいや煙草の煙で溢れていた。やはり彼女を連れて来ないで正解だったかもと僕は思った。腹がはちきれそうになりながら、ふたりとも最後のケーキまで食べた。

一月一日
やっぱり山形帰ればよかったかな。
でも新幹線代もったいないし、うるさいこと言われるだけだし。

エアコン強にしても寒くていらんない。

お正月なんかだいっきらい。

一月三日
おねえちゃんから電話がかかってきたので行ってみた。八王子は遠い。

リンちゃんはよくしゃべるようになってた。赤ちゃんのときはかわいかったけど、どたどた歩くし、すぐ泣くし、子供ってうるさい。

お金がないって言ったら三万円貸してくれた。もう二万貸してって言ったら、不機嫌になって、もう帰ればって言われた。

帰ったら知らない人からメールがきていた。誰かと思ったら、クリスマスパーティーで知り合った広告代理店の人だった。代理店なんて電通しか知らない。パーティーっていっても背広のおじさんばっかりで、会場がねずみ色に見えたな。その中では目立って見えたけど、どうなんだろう。

遊んでそうな人だったな。また飲みましょうって書いてあるけど、だいたい独身なのかな。


年が明けると、瑞希はさらに痩せたような気がした。お正月は実家に帰ってゆっくりしてくるとメールにはあったが、なんだか消耗しているようにも見えた。

　仕事始めの日は新年の挨拶だけだったので、午後から彼女と明治神宮まで初詣に行った。年末に渡しそびれたクリスマスプレゼントを渡すと、瑞希は意外なほど喜んでいた。ティファニーの水色の箱からネックレスを取り出して、その場でつけてくれた。クリスマスに行けなかったイタリアンレストランへ夕飯に行こうよと誘ったら、すごく残念そうに「今日は友達と約束があって」と言って夕方の街に消えていった。

　会社では五月に行われるシンポジウムの準備が本格的にはじまり、下っ端の僕も忙しくなってきた。招待客名簿や議事録など、内部の者でなければ開けることができないファイルが多く、修正や資料探しなどの仕事が僕ひとりに押し寄せてきた。全体会議にも出て進行を報告する義務が生まれて気が抜けなくなってきた。正月に増えたと思っていた体重が、気がつくと三キロも減っていた。

　いつの間にか瑞希が、週末のデートのことを言い出さなくなっていたことに気がついた。僕は毎日のように終電近くまで残業があったので、平日の夜に彼女と食事をしている時間もなかった。一月も後半になってきたのに、僕達は初詣以来会っていなかった。メールと電話はときどきしていたが、会社では彼女と目すら合わなかった。仕事の合間に彼女の後ろ姿を盗み見ると、他の女の子達と普通に話したり笑ったりしている。メールでは「広志君が忙しくて淋しい」と書いてくるのに、ちらりとも僕の方を見ようとしなかった。無関心な横顔に今すぐ声をかけて気持ちを問い質したいと思わないでもなかったが、忙殺されていく日々のせいにして、瑞希のことを深く考えるのを避けていたところは正直言ってある。

ある日、午前中の会議が終わると、主任が「たまにはメシ行こうか」と僕を誘ってきたので驚いた。彼はたぶんこの事務所で一番仕事ができる男性だ。正確な年齢は知らないが四十前後だろうか。経済産業省とのパイプ役のようなことをしているようだし、本部から主任に相談を持ちかけてくる人も多いそうだ。朝は誰よりも早く来ているし、女の子が出払っていたりすると外線まで取ったりする。仏頂面というわけではないが、不思議な威圧感があって僕にとっては尊敬もするが恐くもある上司だ。その彼がわざわざ昼食に誘ってきたということは、何か大きなポカをしたのかもしれないと内心縮み上がった。

東京駅を見下ろすビルの和食屋に席が予約してあった。懐石料理みたいなものが出てくるのかと思ったら、メニューには焼き魚や肉じゃがの定食なんかがあった。意外に思って「ここにはよく来るんですか？」と尋ねた。

「ひとりのときはたまに来るよ。打ち合わせを兼ねた昼飯が多くてね。そういうのって洋食ばっかりだし食った気しなくて。ここは気楽だから」

「僕にはご馳走です」

「僕だってそうだよ。昼は仕事メシで夜は店屋物か宴会だしさ」

自分のことを僕と言って笑う主任は会社にいるときと別人のようで、その笑顔は新しい父を連想させた。特になんということもなく向かい合って定食を食べた。仕事は慣れたかと聞かれ、まだまだですと答えた。彼は次回のシンポジウムのテーマと冶金研究のあらましについてかみ砕いて話してくれた、食い入るように聞いていると、主任の視線がふと腕時計に落ちた。上着から携帯電話を出して開いてみると、もう一時半になるところだった。

「中嶋君は腕時計をしないのか？」

ふいに聞かれて僕はきょとんとしてしまった。

「あ、はい。スーツにあうような時計を持ってなくて。Gショックじゃまずいですよね」

「そうだなあ。でも、携帯で時間見るのはどうかな。さっき会議室でも見てただろう。今の人はそれが当たり前なんだろうけど少し気が散ったようにも見えるね」

指摘されて僕はひやりとした。気がつかなかった。言われてみれば幼稚なしぐさだったかもしれない。

「今日、帰りに買います」

「うん。無理して高いのを買うことはないから」

主任は伝票を持って立ち上がる。それを言うためにわざわざ僕を昼食に誘ってくれたのだろうか。ちょっとデスクに呼んで注意すればいいようなことなのに時間を割いてくれたのか。

「君の方は何か気がついたことはない？」

エレベーターが来るのを待ちながら、主任は僕の顔を見た。

「ええと、どういうことでしょう」

「うちで働くようになって、こんなとこが変だなって思ったことはない？　外からやって来た人間には聞くようにしてるんだ。意外と気がつかないことってあるからね」

　エレベーターで地上に降り、冷たいビル風が吹く舗道に出た。主任の顔つきが仕事用のものに戻りつつある。焦るような気持ちが抑えられず「あの」と僕は声を発していた。

「派遣の人のことなんですけど」

　彼は振り返って僕を見る。

「なるべく名前で呼んだ方がいいんじゃないでしょうか。ちょっと、とか、そこの人、みたいな呼び方はあんまりなんじゃないかって思ってました」

一月二十二日
最低。終電がなくなる時間まで引き留めておいて送ってもくれないってどういうこと？　しかも突き飛ばす？　酔って足がよろけたんだって言ってたけど絶対わざとだ。コンクリートで膝を打った。その隙にタクシーに乗っちゃうなんて。
　さんざん別荘の自慢なんかしたあとで、女の子を置き去りにするなんて信じられない。お金持ちほどケチってほんとだ。

はじめてネットカフェってきた。変な臭いがするし、キーボードもべたべたする。女性専用ブースだからまだマシなのかもしれないけど。

始発まであと三時間。こんなところで眠れるわけない。

暖房効いてるのに寒気がする。喉が痛い。また風邪ひいたかもしれない。足も痛いしほんとに最悪。

会社行きたくない。

でもうちで寝てても落ち込むだけだろうな。


数日後、いつものようにご機嫌でランチに出掛けた女性上司が、何故だかものすごい不機嫌顔で事務所に戻ってきた。

もともと感情の起伏が激しい人なので、僕はそれほど気にせずコンビニのおにぎりを頬張りながらモニターに向かっていた。女上司はデスクの上の書類をばさばさ動かしながら、突然独り言にしては大きすぎる声で妙なことを言い出した。

「居眠りしてるお嬢さんに頼みたいことあるんだけどなあ。名前なんだっけ。なんか今年はもう契約更新されないみたいだから、覚える必要もないんだけどね」

オフィスの空気が固まったのがわかった。感情的にものをいう人がほとんどいないオフィスなので、そこにいた全員があっけにとられていた。コピー機の前で小さく談笑していた女の子ふたりが、女上司ではなく瑞希の方を振り返った。休憩から戻ってきて、ほんの五秒ほど受付前のデスクでだるそうに突っ伏していた瑞希は、ゆっくりと体を起こした。でも背中を向けたままで振り返りはしなかった。

僕はやっと女上司の嫌味の意味を飲み込み、青くなってオフィスを見渡した。主任はどこにもいなかった。

「これ、誰でもいいからシュレッダーかけて」

さらに尖ったその声に、コピー機の前から女の子がひとり慌てて女上司のデスクに駆け寄った。男性達は互いに目配せをしただけで、関わりを避けるかのように仕事の続きに取りかかっていた。

立ち上がった僕に関心を向ける者はいなかった。女の子達はおしゃべりをやめ、それぞれのデスクで事務仕事をはじめたり電話をとったりしていた。当の女上司でさえ、もうコンピュータを立ち上げ無表情にキーボードを打っている。

僕か？　僕が余計なことを言ったからか？

瑞希の背中だけが、不自然なくらいずっと動かなかった。なにもかもを拒否しているような後ろ姿に、僕はとうとう声をかけることができなかった。

翌日は土曜日で、僕は瑞希の部屋に招かれた。残業を終え帰宅する途中に彼女からメールが届き「忙しいと思うけど明日よかったらうちに夕ご飯を食べにきませんか。お給料も出たし、いいお肉買って腕をふるっちゃう」とあった。ハートマークまでついたその文面は、昼間の出来事などまるでなかったかのようだった。それともあんな嫌味は言われ慣れていて、僕が大ごとに感じすぎているのだろうか。行くのが恐い気もしたが断る理由は思いつかなかった。

彼女の部屋に行くのは三回目だ。つきあいはじめた頃送って行ってお茶をご馳走になり、二回目はデートの帰りに寄って泊めてもらった。シングルベッドにぎゅうぎゅうになって眠った。いや眠ったのは僕だけで彼女は眠れなかったと言っていた。朝、ヨーグルトとコーヒーを出してくれた。なので食事を作ってくれると彼女が言い出したのははじめてのことだ。

彼女は笑顔で僕を迎えた。珍しくジーンズにセーターというカジュアルな服装だったが、完璧なメイクとちぐはぐだった。部屋にはしょうゆと砂糖の匂いが漂っていて、料理っていってもすき焼きなの、手の込んだもの作れなくてごめんねと彼女は舌を出した。

瑞希はいつになく饒舌《じょうぜつ》で、僕は相槌《あいづち》を打ったり意味もなく笑っているだけで時間が過ぎた。食事が済むと彼女はシャワーを浴びてくるねと言ってバスルームに消えた。このあとはセックスするんだろうなあと何故か他人事のように思い、狭いワンルームの中を見渡した。おもちゃのような炊飯器、ごうごう音をたてるエアコン、部屋の半分を占めるであろうシングルベッド、パイプハンガーにかけた色とりどりの洋服と鏡の前の化粧品の山。ベッドの脇に積み上げてあった雑誌を一冊手に取ってめくってみる。最初はなんとも思わなかったそのファッション誌を見ているうちに、僕は奇妙な感覚に襲われはじめた。女の子の顔が、髪型が、洋服が全部同じに見えるのだ。数人のモデルが並んで笑っているのに、その笑顔が鋳型《いがた》で抜いたように同じに見える。くっきりと口角を上げるその笑い方はまさに瑞希そのものだった。そうだ。彼女のことは最初からモデルみたいだと思っていた。それは綺麗という意味もあったけれど、書き割りっぽいということだった。口から出る台詞が全部どこかで聞いたことがあるような台詞で、どこで何をしても演技しているように見えた。でも瑞希は雑誌の中のモデルじゃない。現実に生きている女の子だ。感情がないわけがない。ないわけないいじゃないか。

ドアの開く音に振り返ると、バスローブを羽織った彼女が笑顔で立っていた。

「広志君もシャワーどうぞ。これバスタオルね」

こちらに一歩踏み出したときに裾が割れて膝下が見えた。大判の絆創膏の下にぎょっとするような青あざがあった。

「あ、やだ、これ？」

僕の視線に気がついて彼女はローブで足を隠す。

「階段で転んじゃったの。新しいパンプスがサイズあわなくて」

「大丈夫なの？　他は怪我してない？」

「そんな心配しないで。ちょっと転んだだけなんだから」

例の代理店の男に道ばたで突き飛ばされた怪我がそれなのか。殴られたり蹴られたり乱暴されたりしなかったか。本当に大丈夫なのか。体は大丈夫でも気持ちは大丈夫じゃないんじゃないか。

僕はごまかし笑いもできず、不思議そうな顔をする瑞希を振りきるようにしてバスルームに入った。裸になって蛇口をひねる。シャワーを頭からかぶって目を閉じた。黙っているのも限界に近いと僕は思った。インターネットに綴《つづ》られた彼女の日記を僕は最初の頃から読んでいた。

はじめてのデートは映画だった。単館公開の邦画を選んだ。無難にハリウッド映画にしてもよかったのだが、あまり有名ではないその映画監督が昔から僕は好きで、はじめての恋人に観てほしかった。彼女はとても喜んでくれて、慣れないデートだがなんとか成功したと思った。家に帰ってから映画の評判を何気なくネット検索していたら、偶然彼女の日記を見つけてしまった。映画は退屈で貧乏くさかった、映画館が古くてトイレからいやな臭いがしたし、食事も居酒屋みたいなところで期待して損しちゃったと書いてあった。それを読んだときはまさかと思ったが、その後の日々のことを読んでいくにつれ、書き手は瑞希だと認めざるを得なくなった。

日記を遡《さかのぼ》って読まずにはいられなかった。僕と知り合う前の彼女は、派遣社員として様々な会社を転々としていた。短い恋愛を繰り返し、時には正社員になるべく面接を受け、流行《はや》りのバッグを買っては貯金を切り崩し、丸の内に勤めが決まったときは仕事のことより服装のことを気にしていた。

彼女は誰もが読めるインターネット上に心情を綴って、誰かが心を寄せてくれるのを無意識に期待している。でも誰かが読むことを意識しているからこそ本音は曖昧にされ演技が抜けきっていなかった。そこが一番痛かった。きっと僕みたいな男でもう手を打っておこうと思っている。様子のいい男は冷たいから。お金持ちはケチだから。僕は図体がでかいだけの愚鈍《ぐどん》な男だけれど、いい会社に勤めているし、もし辞めても都心に土地を持っている。食いっぱぐれる心配はない。文字にはしていなくても、そのくらいのことは鈍い僕でもわかる。

そんなにも不安なのか。こんなモテた例《ため》しのない半人前の男にしがみつかなければならないほど、彼女の目に見えている世界は厳しいのか。契約が更新されないかもしれないと上司に嫌味を言われただけで、好きでもない男に抱かれようとするのか。すき焼き鍋だって買ったばかりのものだった。霜降り牛とその細くて冷たい体で、将来の食い扶持《ぶち》を確保しようという気なのか。

「広志君?」とバスルームの外から彼女が呼んだ。いつまでも出てこないので不審に思ったのだろう。僕は急いで体を拭いて、パンツとTシャツで部屋に戻った。瑞希は立ち上がって僕の肩に額を寄せる。子供のように小さい頭は、僕の両手でぺしゃんこに潰せそうだった。

「わたしたちずっと一緒よね」

甘い声色と共に細い腕が胴体に巻きついてきた。日記を読んでるんだよ。読んでなくても嘘をついていることくらい普通わかるよ。本当の歳だって知ってるんだ。今年三十歳になるんだろう。でも歳なんかどうでもいいんだ。君が気にしてるほど年齢のことなんか僕は気にしてない。好きじゃない男でもいいと思うほど、追いつめられてるのか。それともほんとに僕が好きなのか。なめてんのか。男をなめてるよな、あんた。

そう喉元まで出かかって、でも言えなかった。ぎくしゃくと彼女の背中に両手をまわして抱きしめた。

彼女がこの狭いワンルームでひとりきりの正月を過ごしているとき、僕は世田谷のマンションで両親とお節を食べて新年を祝っていた。商店街に戻れば友達が待ちかまえていてアニメ映画を一緒に観に行った。僕には仕事があり、支えてくれる家族があり、受け継ぐべき土地があり、呼べば来てくれる友がある。恋愛感情とは違う愛情を知っている。恋愛なんてする必要も感じないほど恵まれている。それを持っていない彼女を、何故持っていないのかと責められるか。本意じゃない人生を何故生きているのかと責められるか。

これは憐れみなのだろうか。僕の優しさは傲慢か。

「瑞希ちゃん」

やっとの思いで僕は言った。

「僕は瑞希ちゃんのことが好きなのかどうか、よくわからなくなってきたんだ」

何を言われたのか理解できない顔で彼女は僕を見上げる。マスカラに縁取られた大きな瞳が見開かれている。

「少し距離と時間をおきたいんだ。悪いけど今日はもう帰ってもいいかな」

じっと彼女は僕を見続けた。無反応だった。耐えられなくなって先に僕は視線をそらす。バスローブの襟がゆるみ、彼女の無防備な胸の曲線が見えた。

泣いてくれと僕は強く思ってうなだれた。自分の絶望に気がついて自分のために泣いてくれ。彼女のアイメイクがどろどろに落ちることを僕は願った。泣けないなら、あんたみたいな男が偉そうにと怒鳴ってくれ。動かないからいくらでも殴ってくれと僕は胸の中で繰り返した。そうしてくれれば、僕は今すぐ降参してプロポーズするから。断られても断られても、何度でも求婚してずっと一緒にいると約束するから。

しかし彼女は静かに僕のそばを離れると、ベッドの縁に腰掛け窓の外に顔を向けた。まるで僕なんか最初からいなかったかのように、レースのカーテン越しに見える街灯を焦点のあってないような目で眺め続けた。

僕は服を着て瑞希の部屋を出た。底冷えする夜の道を歩いて駅にたどり着いた頃、携帯がメールを受信して震えた。

忘れ物はどうしますか、とタイトルだけのメールが瑞希から届いた。

手土産なので貰ってください、と返信したあと、彼女の電話番号もメールアドレスも全部その場で消去した。消去した指で、着信履歴を辿って高明に電話をかけた。

「ふられたみたいだ」

そう言ったとたん目から涙がぼろぼろ落ちて、僕は期せずしてしゃくりあげた。僕が泣いてどうする。でも絶望をあの部屋から持って出られたのかもしれないと思うと少しはよかった。

「ばーか。女なんかとつきあうからだよ」

友はまたケケケと笑った。

二月一日
東京に雪が積もった。

雪が積もったくらいでニュースになるなんて東京ってばかみたい。

去年のブーツだけど仕方なく履いた。地面がつるつる滑ってこわかった。

友達がプレゼントしてくれた電気毛布、おばあちゃんちの毛布みたいなすごい柄だけど、足があったまるのはいいかな。
明日は会社をさぼってハローワークに行こう。
帰りに新しいブーツを駅ビルへ見に行こう。

わたしは大丈夫

銀行へお金を下ろしに行くのは給料日の前日に決めている。いつもATMからとぐろを巻くように続いている人の列も今日はない。お客よりカウンターの向こうで立ち働く行員のほうが明らかに多そうだ。その光景を見るたび、私は大晦日の神社を思い出す。両親は飲食店を経営していたので正月でもろくに休めなくて、子供の頃の私は大晦日の昼間、母親に連れられて地元の神社に詣でたのだった。がらんと人気のない境内で、アルバイトらしい巫女《みこ》達が忙しそうにお守りや破魔矢《はまや》を並べていた。参道に屋台も出ておらず、おみくじも売っていない神社はつまらなくて何のために来ているのか意味がわからなかった。年のはじめに来てお願い事をするより、年の終わりに一年のお礼を言いに来たほうがご利益があるだろう、という理屈もこじつけにしか聞こえなかった。母は賽銭《さいせん》を投げて手をあわせたあと毎年「時は金なり」と判で押したように繰り返した。

その同じ台詞《せりふ》を胸の内でつぶやいて、通帳が印字される機械音を聞いていた。すっかり大人になった私は母の言動を理解はしたが、子供の頃に感じた通り、やはりその言葉はある種の負け惜しみを含んでいたことを知った。

口座残高は、家賃や保険料が引き落とされているだけで、先月のお給料が手をつけられずに残っていた。キャッシュカードは私が管理しているので当たり前なのだが、それでもほっとした。今月の生活費をまるまる引き出す。余計なお金を使わないよう私は月に一度しか銀行へやってこないので、続けて必要な振込と貯蓄口座への入金も済ませた。両替機で夫のこづかい以外のお金を千円札にする。これらの作業をお給料日当日にしていたときは、午前中いっぱいかかってくたくたになった。真後ろに並んだ人に舌打ちされたり、赤ん坊だった娘が泣き出して列を離れ、外であやしてから再び最後尾についたこともあった。

手早く用事を済ませてしまうと、冷房の効いた銀行に少し未練を感じた。九月も半ばだというのに蒸し暑さは衰える気配がない。終わりかけているのに執念だけが残っている恋愛みたいに無駄に熱い。私はロビーの隅のソファに座り、貯蓄用の通帳を広げた。独身のときに作った口座なので、前の方にかつて貯めていた金額が印字されている。お給料から天引きでこつこつ積み立てた五百万円あまりの預金。それを解約した日のことを私はよく覚えている。夫にプロポーズされた翌日だった。娘がおなかにいた。新しい生活をはじめるのだと勇み立ち、どんな困難でも乗り越えていけると思った。再びこの通帳にそんな大金が貯まる日はこないかもしれない。それでもちょっとずつ、たとえ千円でも、私は毎月貯蓄を欠かしてはいない。

空調の快適さに、とろりと眠気が襲ってきた。私はぬかるみから足を引き抜くようにして立ち上がる。外へ出るとたちまち容赦ない残暑の熱に包まれた。帽子の中の髪がむれて、背中に汗が流れる。息が上がらないよう私は意識してゆっくりゆっくり歩いた。牛歩戦術、と夫にからかわれたことがある。でも炎天下で体力を失わないようにするには、すり足でじじり歩くといいと教えてくれたのはやっぱり夫だった。学生時代にアジアを一人旅したとき安宿で仲良くなったヒッピーに教わったのだと言っていた。あれは二人ではじめてインドネシアへ旅行したときだった。一泊の値段が片道の飛行機代より高いようなリゾートホテルで、貧乏旅行を懐かしがって彼は語った。ちょうどいま私がバッグの中にごっそり持っている千円札みたいに、ルピアの束を山のように持っていた。人生ゲームのお札みたいだねと二人で笑った。夫は覚えているだろうか。

アパートに戻ると部屋は静まり返っていて、テーブルの上に義母が書いたメモがあった。

〈夏帆《かほ》ちゃんとふんすい公園へ行ってきます。バスタオル借りました〉

ふんすい公園というのは文字通り大きな噴水のある公園で、子供を水遊びさせるためにこのあたりの若い母親が集まる場所だ。義母はどうかすると私より近所にママ友がいるので誘われたのかもしれない。あの子に日焼け止めクリームをぬってくれただろうか。おしゃべりに夢中になって子供から目を離したりしないだろうか。心配になって一度脱いだサンダルをひっかけ外に出たが、真上から照りつける太陽を見上げてゆっくり首を振った。きっと義母の方が私の何倍も子供の扱いには慣れているし、若くたって私よりずっとしっかりしている近所の主婦達もいるのだ。無理して行って私が倒れてしまっては迷惑になる。

部屋に戻って帽子を取り、台所の窓を開ける。蒸している部屋に風を通すつもりだったのに、隣のエアコンの室外機がゴーゴーと埃っぽく熱い空気を送ってきて慌てて閉めた。こんなにあちこちで夏中クーラーを焚いてたら、温暖化するのも当たり前だ。誰かが涼しい思いをすれば、誰かが暑さに苦しむことになる。そんなことも、かつては考えたことはなかった。

冷蔵庫の麦茶を取り出しコップに注ぐ。足もとにフェルトでできたボールが落ちていて、爪先で転がしてみた。娘のいない部屋は異様にがらんと感じられたが、麦茶を飲みほす頃にはそれは解放感に変化して私を包んだ。子供がお荷物だというわけではないが、やはり目や耳を配り、常に気をつけておかないとならない存在が身近にあるのは不自由なことだ。

静かなうちにお金の振り分けをしてしまおうと、鞄から千円札の束を出す。用途の書かれた封筒に札を数えて入れた。食費一万八千円、電気代四千円、ガス代四千円、水道代二千円、携帯電話代五千円、日用品一万五千円、子供費一万円、医療費含む雑費が三万円、夫こづかい四万円、それを振り分けてしまうと札は一枚もなくなった。私のこづかいは基本的にはなく、ひと月やりくりをして余ったお金を自分のために使っていいことにしている。財布に入っている現金を数えてみると、千円札が三枚と小銭が少しあった。

手元にあった携帯電話がメールを着信して震えた。「残業なのでお袋よろしく」というタイトルの夫からのメールは本文がなかった。夫のメールは最近極端に短い。文字数が多ければそれだけパケット代がかかるから気を付けてと、雑誌で読んだ知識を伝えたからだろう。それにしても、義母が来ている日は必ずと言っていいほど残業してくる。彼女ががっかりする顔が浮かんだが仕方ない。夫が自分の母親に顔を合わせづらいと思うのもわからないではないのだ。

ベランダで洗濯物が白く光る。私は財布の中身のことを考えて、気持ちが柔らかく膨らむのを感じた。三千円も余るなんて久しぶりだ。まめに節約した結果が出て嬉しかった。お茶を飲みに行こうか、お茶を我慢して着るものを買おうか。とにかく今月も家族がみんな元気に過ごせてよかった。見上げた空が青くて目にしみた。

私の恋人は妻のことを語るとき、ものすごく苦々しい顔をする。心底憎んでいるかのように「ものすごいケチ」とか「信じられない口うるささ」と吐き捨てる。最初は私に気を使ってわざとそういうふうに言っているのかと思っていたのだが、演技にしては真に迫っていて、ちょっと背筋が寒くなるときがあった。

そんなにも嫌いな人と、同じ屋根の下で暮らしている人の気持ちが私にはわからなかった。私はたとえそれが親でも恋人でも、そもそも人と共同生活をする気はない。人と近付きすぎるのが厭《いや》なのだ。嫌いなのに何故《なぜ》一緒にいるのだろう。嫌いならば離れてしまえばいいのに。

嫌いという感情がわかないところまで離れれば、不快な思いをせずに生きていけるのに。単純な疑問でそう口にすると、彼は眼を細めて私を見たのだった。まるで可哀そうなものをみるような、憐れむような眼差しだった。そうだね、でも子供はかわいいんだ。子供さえ引き取れればすぐにでも家を出たいんだけどね。幼い子を諭すような口調で彼は私に言う。子供を持つ親の気持ちはわかりようもなくて、私は口をつぐんだ。

自分の親があまり好きではなかったから、私は小さい頃から早く家を出たいと思っていた。生まれ育った土地のねちっこい人間関係からも脱出したかったので、懸命に勉強して学費免除の特待生として東京の大学に入った。就職すると、早く出世するため努力した。くだらない上司の下で働かなくて済むよう、なるべく高給を取って快適な生活ができるようになりたかったからだ。キャリアを積んで昇級試験を受けた。夜は語学学校や専門学校に通った。やがては独立して起業したい。誰からも命令されないように、人から庇護《ひご》されなくてもいいように。将来の根本的自由を獲得するために、目の前にある自由時間を仕事や勉強で埋めることを厭《いと》わなかった。

彼と知り合ったのは、いわゆる異業種交流パーティーだった。海外でMBAを取るのが目標だと最初の自己紹介で話すと、彼の方から話しかけてきた。留学経験があるので相談に乗りますよと渡された名刺は大手総研のものだった。お洒落というのではないけれど、仕立ての良さそうな背広を着て、よく磨かれた眼鏡の向こうに人好きのする笑顔があった。落ち着いた話し方とふっくらした指にはまった結婚指輪が私の警戒を解いた。親切にいろいろと教えてもらったのでお礼のメールを書くと、翌日返信がきて食事に誘われた。

いいかもしれない。私は構えずにそう思った。その頃付き合っている男性がいたが、急に夜中にやって来ては泊っていくので困っていた。結婚しているわけでもないのに亭主面をして、私が作った食事に甘いの辛いの文句をつけた。だから「年上で既婚の友達」は学べることも多いし面倒もなくていいかもしれないと思ったのだ。それに正直なことを言えば、男の人のほうから誘われてずいぶんと嬉しかったのだ。私は容姿に恵まれてもいないし、女としてかわいげもないことを知っていた。だから男性に横柄《おうへい》な態度を取られても仕方がないんだろうなと思っていた。恋愛って面倒だ。もうしなくていいとすら思っていた。

私はずっと結婚しないだろうな。三十歳になったときにそうぼんやりと思った。結婚なんかしない、ではなく、結婚という一人の異性に振り回される関係を維持し続けることはとてもできないと思った。私はわがままだし、自分が快適なことが最優先事項だった。一人でいるのが淋《さび》しいと感じたことも、一人が不便だと感じたこともほとんどなかった。他人の感情にわずらわされる方が苦痛だ。そういう意味で友達というものの必要性も私はあまり感じたことがなかった。感じよく接している親しい人はいても、それは深くつきあわないから感じよくいられることを私は知っていた。

彼と最初に食事をしたとき、人と深く付き合わないで生きてゆくつもりだと、これらの話をした。結婚はしないの？　と尋ねられたのでこの考えを話したのだ。話の腰を折ることも茶化すこともなく私の話を最後まで聞くと、彼は「同感だよ」と微笑《ほほえ》んだ。「そんな考えの女の人とはじめて会った」と感心した口ぶりで言ったりもした。僕も人とは距離をおいたほうがうまく付き合えると思うと。

なんだか本気に聞こえなくて、ではどうして結婚したのですか、と質問すると、僕にとって結婚は人生でそう重要な問題ではないし、既婚の方が人からあれこれ言われないで済むからだよと答えが返ってきた。なるほどと今度は納得した。そうかもしれない。案外男の人のほうがいつまでも独身でいると人に不審がられるかもしれない。それに、と私は別のことにも気がついた。結婚しないとかできないとか、過剰反応してきた私は、実は結婚にこだわりすぎていたのかもしれないと。

お互い話していて楽しかったし、意見も合うことが多かった。だから誘われれば嬉しくて何度も会った。彼と私が恋愛関係になるのに時間はかからなかった。私は彼が既婚であることをほとんど意識しなかった。嫉妬心も独占欲も感じない。時折彼の家族が具合を悪くしたり、親戚が急に遊びにくることになったりしてデートがキャンセルになると、彼は驚くほどの勢いで妻を悪く言った。なのでむしろ、人妻は大変だな、私は外の女でよかったなと思っていた。

「あら、生地から作ったの、これ」

遅めのお昼にピザを焼いて出したら、義母は目を丸くしていた。

「味はどうですか」

「外で食べるよりおいしいわよ。すごいわね、秋穂《あきほ》さん、お店だせるんじゃない」

「まさかあ。全部あり合わせですよ。でもピザって台さえつくれば、あとはあるものでやりくりできるから簡単で安上がりなんですよ。ボリュームもあるし。宅配ピザって信じられない値段ですもんね」

オーブン機能付きの大きな電子レンジが、先月雑誌の懸賞で当たった。いろいろ懸賞にハガキを出してきたけれど、こんな立派なものが当たったのははじめてだった。パンもお菓子も焼けて家計がすごく助かっているし、娘も喜んでいる。ただ狭い台所に熱がこもってものすごく暑くなるのが難点だ。前髪の先から汗がぽたりと落ちた。

「ちょっとすごい汗じゃない。少し冷房入れたら。ほっぺた真っ赤よ」

顔を覗《のぞ》きこまれて私は目をそらす。

「お義母さん、暑いですか」

「私のことじゃなくて、あなたがつらそうだから」

「私なら大丈夫です。ありがとうございます」

娘が油とチーズでべたついた手のままコップを持とうとしたので、遮《さえぎ》って濡らした布巾で拭いてやった。その布巾で自分の汗も拭う。義母はしばらく黙ったあと、励ますような口調で言った。

「秋穂さんは本当にいい奥さんねえ」

「そんなこと」

「私はずっと働いてたから、家事は全然だめでねえ。夫にも子供にも、こんなおいしくて手の込んだもの食べさせたことなかった」

　義母は長年小学校の教師をしていて、定年の時には教頭になっていた。ちょうど私達が結婚した頃学校を辞め、急に暇になったからなのか、孫が心配でたまらないのか、月に二度くらいの割合でうちへやって来る。始発のこだまに乗って、米だの野菜だの大荷物を持って二時間半かけて静岡県の小さな町から来て、日が暮れる頃帰っていく。泊っていったことは一度もない。確かに布団は二組しかないし、もしあっても敷くスペースがないのだけれど。食料は持ってきてくれるわ、子供は遊びに連れ出してくれるわ、助かっていないことはない。理由のわからない親切。善意にはきっと裏があると思ってしまう癖はずいぶん小さい頃についた。それが抜けなくて自分を苦しめる。

「うちの息子は幸せ者だわ」

「幸せなのは私のほうです。達也《たつや》さんと結婚できて」

　うふふとふいに笑いがこみ上げた。

「それに私、家のことをするのが大好きなんです。外で働いて私もお金を稼げたら達也さんをもう少し助けてあげられるかもしれないけど、夏帆を預けるのもお金がかかるし」

「そうね。保育園もお金がかかるわよね」

「節約しなくちゃならないけど、達也さんもすごく協力してくれるから何とかやってます」

義母は何故か困ったような顔をしている。どうしてこの人はうちに来るたびそんな顔をするのだろう。自分が子供を預けて働いていたから私のような専業主婦のことは理解できないのかもしれない。

私は席を立ってお皿を流しに運んだ。へばりついたチーズを端切《はぎ》れでぬぐってから洗い桶に浸ける。娘が後ろで「あー」と大きな声を出したので振り向くと、義母が夏帆を抱き上げていた。午前中いっぱい水遊びをしてきたので眠いのだろう。ぐずりはじめた孫を、義母は馴れた様子であやしている。日が傾きはじめ、西日がのびてささくれ立った畳の上を横切っていく。

「ねえ、やっぱりエアコン点けたら?」

どこから見つけたのかリモコンを拾い上げて、義母がスイッチを入れようとしていた。あら点かない、と呟《つぶや》いて、腕を何度もエアコンに向けて振り上げる。私は何も言わず洗い物を続けた。先月、夏風邪をひいた時、どうにもつらくて何日かクーラーを入れた。そうしたら電気代がものすごくかかったので、リモコンの電池を抜いたのだ。

もう来ないでいいのにこの人。食料とか子供の世話とか助かるけれど、それと同じだけ気を遣う。夏の疲れが抜けなくて、だるくて横になりたかった。義母は私を咎《とが》めるようなことは何も口にしない。けれど健康で明るい彼女がそこにいるだけで私は責められているような気がしてしまう。私は健康ではないし明るくもないから。息子の嫁として、孫の母親として、疑問を持たれていることを肌で感じて息苦しくなる。

二人の関係が最初に軋《きし》みはじめたのはいつだったろう。きっかけとも呼べないような些細《ささい》なやりとりがあった。でも間違いなく変化はあの時だった。

出会ってから私と彼は、小さな諍《いさか》いもなく安定して交際を続けていた。週に一度か二度レストランで食事をし、時折私の部屋で飲みなおしてベッドを共にした。どんなに遅くなっても彼は帰ってゆく。それが淋しいどころか快適で、よくある不倫の悩みのようなものを感じたことはなかった。クラシックコンサートに出かけたり、蕎麦を食べるためだけにわざわざ新幹線で長野まで行ったりした。どんな方便を彼が使ったのか知らないが、何度か旅行へも行った。けれどお互い仕事が忙しかったので、そう無理をして会ったりはしなかった。それでも不安になることはなかった。私たちは穏やかな交際を続ける問題のない恋人同士と言えた。

変化の日は、唐突にやってきたように感じた。その日、私の部屋で夕飯を食べようということになり、私は早めに帰宅してカレーを煮込んでいた。ふと、らっきょうを買い忘れていたことに気づいて、彼にメールで来るときに買ってきてほしいと頼んだ。カレーには私も彼も福神漬ではなくらっきょうを好んだ。

「二百三十一円だったよ」

駅ビルの漬物屋の袋を渡してくれながら、彼はそう言った。真顔で言われて、私は慌てて小銭を取り出す。彼は頷いて受け取った。それだけといえばそれだけの出来事だった。

私はそれで、たいそう白けたのだった。彼の好きなグリーンカレー。市販のルーではなくてスパイス数種類とココナツミルクを煮込んだ。比内地鶏《ひないじどり》とズッキーニはデパ地下で買ってきて、パパイヤのサラダも作った。

何をやってるんだろう。ついさっきまで何の疑問も持たずキッチンに立っていたのに、らっきょうの代金を請求されただけで急速に目に映るもの全ての明度が落ちていくのを感じた。それでも惰性《だせい》で食事の準備を整えた。らっきょうは細かく刻んで食べるのが好きだと前に言われたのでちゃんと刻み、冷やしてあったワインを開けた。向かい合って座り、グラスをあわせて乾杯した。なんに乾杯？　と私は思った。

彼はいつの間にかテレビを点けていて、リモコンで忙しくザッピングしている。クイズ番組と連続ドラマを経由して、格闘技の中継へ落ち着いた。私たちは会話もせず、筋肉隆々な男達が汗まみれになって組み合う姿を眺める。テンションの高いアナウンサーの実況が部屋に乾いて響いた。私はこの人のどこを好きになったんだっけ？　彼の横顔をうかがい見て思い出そうとした。優しいところ、礼儀正しいところ、品性があるところ、人生を楽しんでいるところ。でも本当にこの人は優しいかしら。礼儀正しくて品性があって、人生を楽しんでいる？

そういえば彼はいつの間にか手土産を買ってこなくなった。レストランも予約しなくなった。予約してもどちらかの残業でキャンセルすることが多くなり、予約なしで入れるカジュアルな店で食事をしようということになった。でもカジュアルでおいしい店はせっかくネットで探しても混んでいて入れなくて、結局よくあるチェーン展開の洋風居酒屋みたいなところへ行くことが増えた。そういう店は概しておいしくないしうるさいし店員の教育もなってなくて不愉快なので、それなら何か買って帰って、うちで落ち着いて飲んだほうがいいということになった。レストランに行かなくなったことに不満があるわけではない。手ぶらで来られることを怒っているのではない。それらは二人の関係が劣化したわけではなく、親しさの深度が増した証拠だと思っていた。そう、らっきょうの代金を請求されるまでは本気で思っていたのだ。

本当は彼の吝嗇《りんしょく》ぶりに私はとっくに気がついていたのだけれど、認識しないよう無意識に蓋をしてきたのだった。最近は当たり前のように、夜はうちで会うことになっていた。おいしい生ハムやキッシュを買ってきてくれたのは二、三度で、適当にあるものでいいよと彼が言いだした。料理が嫌いなわけではなかったので作ってみた。それから何となく私が材料を買って私が作って出すことになっていった。

関係も長くなってくればマンネリになったり手抜きになったりもするだろう、それが安定するということだ。そう自分に言い聞かせて気持ちをごまかしてきた。だが、人と深く関わらないで付き合いたいと私が思っていたのは、こういうことが厭だったからなのではなかったか。鈍感になって礼儀正しさを欠くことを嫌悪してたのじゃなかったのか。

それに変わったのは彼だけではなく自分自身もだった。いつからか私は語学学校へ行かなくなっていた。高いお金を出して買ったチケットの期限がいつだったかも思い出せなかった。ネット講義も久しく受けていないし、本も全然読んでいない。彼と会わない日は、次に彼が来る日に備えて料理のレシピに目を通したり、部屋を掃除したりしてなんとなく時間を潰してしまっていた。こんなにもたるんでいただなんて気がつかなかった。クリアだった目標はぼやけ、何をすべきなのかよくわからなくなっていた。恋愛はこんなにも人間を駄目にするものか。

テレビ画面がCMに変わると彼は黙ってリビングを出て行った。洗面所のドアの向こうから放尿する音が聞こえた。カレーの皿を片づけたら冷蔵庫に仕込んである黒タピオカを器に盛ってコーヒーメーカーをセットしてと、手順が浮かんだけれど体が動かない。

「廊下の電球が切れてるよ」

トイレを流す音とともに彼の声が聞こえた。電球が切れていることには今朝会社に行く前に気がついていたけれど、取り換える時間がなかったのだ。

「うん。あとで取り換える」

「買い置きあるなら、僕がやってあげるよ」

いやに快活に彼は言った。

「電球くらい自分で換えられるから大丈夫」

「小さいんだから危ないよ。そういうのは僕に頼んでよ」

にこにこしている彼の顔を私は穴があくほどじっと見た。じゃあ電球が切れるたびにあなたを呼んでいいのかしら。永遠にあなたは電球を換えに来てくれるのかしら。六十歳になっても七十歳になっても。喉《のど》まで出かかった言葉を私は押しとどめた。それじゃあまるで私が結婚したいみたいじゃないか。

私は一人で大丈夫だったし、これからも大丈夫。だって一人でやっていくしかないのだ。男手が身近にあってもなくても、恋愛があってもなくても、生きていかねばならないことに変わりはない。背が低くたって電球は脚立に乗って自分で取り換えるし、重い荷物も自分で持って歩ける。

「人をあてにすると癖になっちゃうから」

強がりに聞こえないよう、できるだけ柔らかく笑ってみせた。彼を見ないようにして皿を片づける。冷蔵庫からデザートを取り出そうとしたら背中に気配を感じた。振り返ったらもう私は彼の腕の中にいた。

「ここが自分の家みたいな気がしてたんだ。そんなこと言わせてごめん」

覆いかぶさるように彼は私をかき抱いた。その声は酔って湿っている。さっき目のはしで捕らえた恋愛ドラマの挿入歌、街角やCMからしつこいくらい耳にすり寄ってくる流行《はや》りのJ－POPが頭を過《よ》ぎった。

なんて陳腐。馬鹿馬鹿しくて厭になる。そう感じたのが右の脳だったか左の脳だったかはわからない。けれどそう蔑《さげす》んだ反対側で、つまらない刺激に新鮮に反応している己を発見した。連続ドラマは第一回を見てしまったら、なんとなく最終回まで見なくては気が済まない。そんなふうに、私はこのあとくだらないはずの恋愛をやめられなくなってしまうのだ。


夜中に通り雨があったようだ。夢うつつで雨粒がサッシを叩くのを聞いたような気がする。目が覚めると隣の布団に夫はいなかった。目覚まし時計が八時を指しているので、もう出勤して行ったのだろう。昨夜は娘にご飯を食べさせるのがやっとで昏倒するように眠ってしまった。夫が帰ってきたことにすら気が付かなかった。最近そんなことが多くて、夫とまともに話していない。枕元では娘がおとなしく音のないテレビを見ていた。雨の記憶は正しかったようで、椅子の背にかけた夫のスラックスの裾に泥はねがあった。クリーニングに出さなければならないほどひどくはないようでほっとする。テーブルの上にはパンくずの乗った皿があって、その下に書き置きがあった。

〈今日は早く帰れます。疲れてるみたいだから夕飯適当でいいよ〉

律儀な書き置きが義母とそっくりで、やっぱり親子なんだなと思った。

「パパと朝ごはん食べたの？」

小さな背中に尋ねると、娘は「みきしゃんパン」と嬉しそうに言った。ミッキーマウス型の焦げ目がつくホットサンドメーカーはフリーマーケットで安く買った。料理が苦手な夫でも簡単に作れるので、私が寝込むとよく娘に作ってくれるのだ。熟睡できたせいか今日は体がずいぶん楽になっている。窓から入ってくる風も心地よい。やっと夏が終わる。

洗濯と掃除を済ませると、私は持っている服の中で一番新しいものを身につけた。昨日、義母が帰りがけに、貰い物だけどよかったら使ってと言ってビール券を三枚もくれた。街の金券ショップまで行って換金しよう。それでお刺身でも買おうか。最近は肉より魚の方が高くて、新鮮なお魚なんてずいぶん買ってない。買い物の前にスターバックスへ行こう。キャラメルフラペチーノをグランデで頼んでごくごく飲もう。月に一度の贅沢に心が躍った。バスに乗るとき、髪を真っ赤に染めピアスをじゃらじゃら付けた男の子がベビーカーを運び込むのを手伝ってくれた。ターミナル駅まで三十分、席も譲ってもらえたし、隣に座ったお年寄りにあやしてもらって娘はご機嫌だった。安らかな気持ちで私はバスに揺られた。

ビール券を換金すると二千円弱になった。現金を手にすると急に気持ちがしぼんだ。やっぱり使わないで取っておこうか。今月は余裕があったけど来月はまたわからない。迷ったままスタバに入った。お昼前なので店内はそう混んでいなかったけれど、ノートや辞書を広げて勉強している人がちらほら見える。娘が声を立てて笑うと、長い足を組んでおしゃべりしていた女の子の三人連れがちらりとこちらを見た。きっと子供の声が気に障るのだ。あんたらはファミレスでドリンクバーでも飲んどけと思っているのだ。

ごくごく飲もうといつも思うのに、私は絶対そうは飲めなくて、ストローでちびちび甘い液体をすすった。娘はオレンジジュースをあっという間に飲んでしまう。今日はどのくらいここにいられるだろう。娘があきて騒ぎだしたら店を出ないとならない。せめて十五分、いや十分でいいからおとなしくしててくれないだろうか。ベンチシートに並んで座って娘の髪をなでていたら、それが心地よかったのか目を細めふっと気を失うように眠ってしまった。膝にずっしり重みを感じる。ようやく大きくなってきた。

娘は二歳になった。発育が遅いようで平均よりとても小さい。歩き出すのも遅かったし、言葉も少ない。お医者さんは心配ないと言ってくれるけれど、公園で若いママ達に指摘されると、育て方を間違っていると責められているようで不安になった。比較対象がなければ、こうして劣等感など感じずに子供をいとしいと思えるのに。

テーブルに肘をついて外を眺めた。大きなガラス窓の向こうには、やはりガラス張りのテナントビルがあって街路樹の影が鮮やかに揺れていた。近くに美容の専門学校があるので、このあたりはあか抜けた女の子がたくさん歩いている。彼女達を眺めていると流行がわかる。まだ夏の陽気なのにもうブーツを履いている子がいた。どうやらフォークロアな感じの靴が流行っているようだ。フリーマーケットで似たようなのを探してみようか。

だんだん体がふわふわしてきて、時間が間延びしているように感じた。そんなブーツなんか買っても合わせる服もないし履いていくところもない。毎日仕事に出掛け、習い事だのデートだのあった頃はシーズン毎に衣装を新調しても追いつかなかったのに。

あの頃、街は真水《まみず》のプールみたいだった。地下鉄やタクシーに乗ってすいすいどこへでも行けた。涙だってサラサラしていて薄かった。いつの間にか私は海に出て、いまは粘りけのある波に翻弄《ほんろう》されている。今日のように凪《な》いでいる日もあれば、嵐にわけがわからなくなる日もある。大波にさらわれたり打ち上げられたり。なんだか現実感がない。社会から切り離されているからか。娘と二人きり、孤島に隔絶されているようだ。頭が熱をもってじんとしている。酸素が足りない。うまく息ができない。ここで私は何をしているんだろう。この小さい子は誰の子だろう。私が産んだんだっけ。いつの間に？

そのとき目の前の道路を巨大なトラックが通り過ぎた。一瞬陰ったガラスに惚けた顔の女が映る。安っぽいカットソーに木綿の花柄ロングスカート。もちろん二十代には見えないし、どうかすると三十代にも見えない。不吉な顔色の疲れた顔の女。

娘を揺すって起こして私は逃げるように店を出た。スーパーへ寄り、刺身の棚は見ただけで結局特売の挽肉《ひきにく》を買った。現実感がないはずが、アパートの前のバス停で降りるとリアルな恐怖が私を襲った。本当に孤島にいるのならまだよかった。

ちょっとの地震で崩壊しそうなアパート。外から帰って来るたび、こんなところに住んでいるのかと私は何度でも怯えて立ちすくむ。薄っぺらなドアがかろうじて往来と眠る場所を隔てているだけで、ダイレクトに道路に住んでるみたいだ。一刻でも早く引っ越したい。安全な街に建つホームセキュリティーのついた一軒家。そのために頭金を貯めなくては。そのためには無駄なお金を一円でも使ってはいけないのだ。

適正な距離を保っていたはずの私達は、あっという間に踏み外して抜き差しならなくなった。抜き差しならないのが恋愛だ。私は間違ったのだろうけど恋愛をしたのだ。恋愛なんて馬鹿みたいなことだ。

それまで私は本当には恐い目にあったことがなかったんだと思う。恐怖というものがどんなふうに細胞に侵入してきて、どんなふうに人を喰い荒らすのかよく知らなかった。人より多く勉強したり、いい会社に入って出世コースに乗るよう努力したのは、自分の気の小ささをどこかで察していたからだろう。だからいっぱい予防線を張って、用心して、慎重に生きてきた。

電球ひとつで私は踏み外した。比喩ではなく、脚立《きゃたつ》から滑って落ちたのだ。件《くだん》の電球を結局彼は換えていかなかった。キッチンの床で私達はいつになく激しく交わったが、彼は終電に間に合うように慌ただしく帰って行った。

翌日も、そのまた翌日も彼はやって来なかったので廊下は薄暗いままだった。土曜日も日曜日も私は切れた電球を見上げて過ごした。週の半ばに「話したいことがある」と彼にメールを送ると「しばらく忙しいからこちらから連絡するよ」と返信がきた。私はまるまるひと月切れた電球の下で生活したが、ある日曜日の夕方、とうとう脚立を出してきてそれに登った。ろくにものを食べていないはずなのに胃のあたりがもたれて気持ちが悪い。期待という食べ慣れないものを飲み込んだせいだろうか。そんなふうに気が散ったまま電球に手を伸ばしたら踵《かかと》が滑った。びっくりするような派手な音と共に私は床に打ち付けられた。

激痛でしばらく息ができなかった。痛みから逃れられる方法がわからなくて、拳を振り上げて床をめちゃくちゃに殴る。どこが痛いかすらもよくわからないままうめいた。

いつから鳴っていたのか玄関のチャイムが聞こえた。やっと少し痛みがひいて、どうやら腰を強打したことに気が付いた。チャイムは鳴り続ける。ああ彼かもしれないと、急に思いついた。急いで立ち上がると足もひねったようで痛みが走った。よろけながら玄関を開けると、知らない男がぬっと立っていた。

「うるせえんだよ！　ふざけんな！」

間髪入れず怒鳴られてぎょっとした。ドアを完全に塞ぐような大男だ。無精髭《ぶしょうひげ》の生えた顔が尋常ではないほど赤い。全身からすえたような臭いを放ち、ジャージの肩にしらみかと思うようなふけが積もっていた。

「犯すぞてめえ！」

男の唾《つば》が顔に当たって、反射的にドアを閉めた。必死で鍵をかけチェーンもかける。すると男は外からドアを激しく叩いた。私は両手で耳を塞いでその場にへたりこんだ。

怒鳴り込んできたのは、真下の部屋の住人だとすぐわかった。異様に太っていて、いつも同じジャージで、気味が悪いと思っていた。男はドアを散々叩いたあと、気が済んだのかと思ったら、自分の部屋の天井を何か棒のようなもので突きだした。床が下からぼこぼこ突き上げられる。

深呼吸して自分に落ち着けと言い聞かせた。男はいま頭に血がのぼっているようだが、やがては疲れてやめるだろう。けれど一時間たっても二時間たっても執拗《しつよう》に突き上げる音はやまなかった。腰の痛みも治まるどころかどんどん激しくなってくる。救急車を呼んだほうがいいだろうか。それより警察に下の男のことを通報したほうがいいだろうか。でも逆恨みをされたらと思うと恐ろしかった。

私は彼に「助けて」とメールを打った。返信がなかなかこないので何度も打った。今まで彼の携帯に電話をしたことは一度もなかった。番号は知っていても、彼がどんな状態でいるかわからない、奥さんといる可能性は捨てられない、そう思っていたので、用事は全部メールで済ませてきた。いてもたってもいられず、私は彼の番号を見つけて発信ボタンを押した。なかなか出ない。留守番サービスに切り替わったので一旦切り、再びかける。何度か繰り返すと、やっと彼が電話口に出た。

「お世話になっております」

よそよそしく彼は言った。声には困惑の色があった。

「すみません、今ちょっと手が離せないもので、あとで折り返しご連絡さしあげます」

休日の午後、郊外の一軒家でくつろぐ彼の姿が映像で浮かんだ。しつこい電話を仕事の人だと言って出て、妻は料理の手をとめてそれを不審気に見る。じゅうたんの上で小熊のようにじゃれあう五歳と三歳のやんちゃな息子達。脳が膨張して破裂しそうになった。

「いま来てくれなかったら死ぬから！」

私はそんなことを言う人間じゃなかったはずだ。言っておいて自分でびっくりした。陳腐すぎていっそ恐い台詞。死ぬから、ともう一度繰り返して一方的に電話を切った。

下階の男はまだ執拗に天井をつついている。物干し竿のようなもの？　あるいはバスケットボールでも天井にぶつけているのか。足下に振動が繰り返される。

腰の疼痛《とうつう》をこらえながら私はクローゼットから薬箱を取り出した。ひっくり返して中身を全部あける。一人暮らしをはじめた十八のときから、医者にかかるたび処方された山のような薬。風邪薬も、歯医者でもらった痛み止めも、胃薬もある。いつどうしてもらったかわからない薬もあった。余った薬は特に考えもなくここに入れてあったのだ。一番古いものは十年以上前のものかもしれない。

体中が憎悪と恐怖でぱんぱんになった。手が震えてうまく薬が出せず、私は何度も癇癪《かんしゃく》を起こしてうめいた。そして水も使わず、貪《むさぼ》るように次々と薬を口に入れた。

日曜日の朝、冷蔵庫が死んでいた。先に気が付いたのが夫でよかった。一人のときだったら動転して自分が何をしたかわからない。

少し前からちょっと冷えが悪いような気はしていたけど、真夏でしかも電気代節約のため目盛りを弱にしていたので、こんなものかとあまり気にしていなかった。夫が朝、牛乳を取り出そうとしたら紙パックが生ぬるく湿っていて気が付いた。買ったばかりの八百グラムの挽肉も、大量に炊いて一食分ずつラップしたご飯も、苦労して焼いたパンも、刻んで小分けにした野菜も、何もかもがぐずぐずに崩れていた。

呆然と立ちすくんだ。いまは一円だって無駄にできないのに。社会に出てお金を作り出せない私は、家にいて守っていくしかないのに。その砦を一夜にして崩された気がした。

洗濯機なら壊れても手で洗える。掃除機が壊れたら箒《ほうき》ではけばいい。でも冷蔵庫がなかったら、毎日その日食べる分だけを買いにスーパーまで行かないとならない。一番近い店まで私の足では片道二十五分かかる。子供もいるのに、どう考えてもできそうになかった。

私も溶けて腐った肉のようにぐずぐずに泣き崩れた。つましく静かに暮らしているのに、まだ努力が足りないというのだろうか。そう言って泣いたら大袈裟だなと夫は笑った。

「なんで笑うの！」

笑われたことが悲しくてヒステリックに叫んだ。驚いた娘は火がついたように泣き出す。

「いつまであの人にお金を払い続けなきゃならないの！」

夫は取り乱す私を絶句して見つめた。

「立派な一軒家に住んで、夏中エアコン入れて、休みの日は外食したりするんでしょう。お洒落して会社に行って、夏休みは子供と旅行したりするんでしょう。あなたのお金で！」

私達は毎月、夫の前妻に子供の養育費と彼らが住む家のローンの、あわせて二十五万円を送金している。離婚のときに子供が成人するまで払い続けると約束したのだ。それが離婚の条件だった。前妻は夫と同じ会社で働いていて、変な噂を立てられたら自分が働きづらいから、彼に会社を辞めてくれと迫った。そこまで言いなりになることはなかったのだろうが、結局夫は転職した。彼も前妻ともう顔を合わせたくなかったのかもしれない。この時世に給料がアップする転職ができるはずもなく、前妻への送金は想像以上に重荷になった。

それでも別れを切り出したのは彼の方で、私は新しい妻だから同罪だと思って耐えてきた。けれど本当に私達が一方的に悪いのか。前妻は何の落ち度もない良妻だったと言えるのか。

夫が前妻とその子供達にいい顔をして、私にばかり我慢を強いているような気がして仕方なかった。

そう訴える私に彼は何も答えなかった。ただ根気よく背中をさすり私が泣きやむのを待った。駄目になった食品を処分して、コンビニでパンとハムを買ってくると娘と私のためにホットサンドを作った。喉がつまって私はうまく食べられなかった。

夕方、ようやく私は落ち着いて、作ってもらったサンドイッチを食べ終えた。彼は右手で娘を抱き上げ、左手で私の手を引き、電気店まで新しい冷蔵庫を買いに連れて行ってくれた。夫は店員が呆れるほどねばって、格安の冷蔵庫をさらに値引きさせ、翌日配送させることまで承諾させた。五万九千七百円を、私は独身時代に作ったカードで払った。夫のクレジットカードは、あると誘惑に勝てなくなると言って知らないうちに自ら解約していたのだった。

ごめんね、と帰り道に彼は呟いた。夫が悪いのではないのに。

優しさは出会ったあの日と変わらない。彼は誰にでも優しいのかもしれない。それは美点というより人としての欠陥に違いない。けれど優しいことを責めてもどうにもならない。

朦朧《もうろう》としていた意識が、衣服をはぎ取られていく途中で醒《さ》めてきた。鋏《はさみ》のようなもので下着を切られていることに気づき、抵抗しようとしたら腕を強く摑《つか》まれた。容赦なく押さえ込まれる。

天井に目が潰れそうな白くて強い光があった。手術服とマスクの男女がこちらを覗き込んでいる。庭に水をまくホースに似た、でもそれより明らかに太い管が顔に迫ってきた。恐怖が全身を貫いた瞬間、それを口に突っ込まれた。

悲鳴は声にならなかった。異物が食道をえぐってゆく。息が出来ない。死んでしまう。やめてお願いだからやめて。許してお願いだから許して。叫ぼうにも喉には太い管が入り込んでいる。

引き抜かれると、ものすごい吐き気がせり上がってきて私は嘔吐《おうと》した。からだの中に悪魔がいるようだ。吐いても吐いても楽にならない。丸裸のまま再び何本もの手に押さえつけられると、口をこじ開けられ管を乱暴にくわえさせられた。

あの男に強姦《ごうかん》された方がまだ楽だったかもしれないねと、頭のどこかで誰かが嗤《わら》っている。また胃の中のものを吐き出しながら、自分が糞尿をもらしていることに気が付く。嵐のような時間はなかなか去らなかった。もう死んだほうがましだ、殺して、そんなことをするくらいなら殺してとわめいた。

どのくらい時間がたったかわからない。やがて縛《いまし》めをとかれ、毛布をかけられ、何も考えられず荒い呼吸を繰り返していると、知らないうちに彼が真っ白な顔でベッド脇に立っていた。画用紙みたいにぺったりと白い顔だった。

死ぬつもりじゃなかったの。眠りたかっただけだったの。そう言いたかったけれど、声が出なかった。

そのうち医者がやって来て、冷淡な様子で胃洗浄をした経緯を説明しだした。口調は冷たかったが、虚脱している私と立ちすくんでいる彼に懇切丁寧に説明してくれたのだった。

私は昏睡《こんすい》して倒れていたのを発見されたそうだ。階下の男がいつまでも騒音を出していたので住民が不審に思って警察に通報し、男に事情を聞いているうちに様子がおかしいので私の部屋を調べようということになった。若い医師は、もし警察があなたを発見しなかったらどうなっていたかわかりませんよと言った。致死量ではなくても、急性薬物中毒は後遺症が残りやすいんですよと。彼は私の携帯の発信記録をたどって呼ばれたらしい。子供が流れないでよかったですねと言い置いて、医師は部屋を出ていった。

二人きりになると、沈黙の後、彼はうなだれたまま私の手を恐々と触った。

「結婚しよう、秋穂ちゃん。僕は家を捨てるから」

ああ私が言わせたのだと思った。私はこの人に罪をなすりつけたのだ。

明日、定期預金を解約して彼に渡そう。慰謝料にでも何にでも使ってもらおう。お金なんてまた働いて稼げばいい。私はゲームを攻略した子供のように満足だった。

うふふと含み笑いが漏れた。私が私を嗤っていた。

しかし私は二度と働けなかった。医者はちゃんと予言したのに私は本気にしていなかったので愕然とした。

後遺症は心肺機能に出た。退院していくら静養しても息苦しさが治らなかった。五分も続けて歩けなくなった。肝臓もダメージを受け、少しのことで倦怠《けんたい》感に襲われ、肌が異様に黒ずんでしまった。会社に行く体力はかけらもなく、欠勤のまま私は退社することになった。まだ四カ月にもなっていなかったおなかの赤ん坊が助かったことが、だから本当は喜べなかった。かと言って産まないという選択もできず、体も気持ちもどろどろに疲弊したまま臨月を迎えた。出産するだけで精一杯で何も考えられなかった。

娘を無事に産み落としたとき、彼はおいおい泣いて喜んでいた。赤ん坊のほうも真っ赤になってこれでもかこれでもかと泣いていた。

もう目を開けていることさえ極度の疲労でつらかったのに、私は胸元に乗せられた濡れた赤ん坊の頭を撫でた。私は自分さえ良ければそれでいいような人間だけれど、この子のことは自分よりも、もしかしたら大切かもしれないとぼんやり思った。

陳腐な考えだ。恋愛も出産も、人間が己を陳腐な存在であることに気づかせるためにあるのだろうか。それがわかっただけでもよかったような気もした。

ものすごいケチで、信じられない口うるささの前妻の、私は写真すら見たことがない。私はその見知らぬ他人が憎いんだと思う。私は彼女にも自分にも勝てなくて、でもそれを認めたくなくて苦しかった。

「これはどうしたのかしら」

真ん中からまっぷたつに割ったティッシュの箱を、義母は手にとってじっと見つめていた。箱だけではなく中身のティッシュもギロチンで切り落としたようになっている。その断面を彼女は大げさに瞬きをして眺めている。

「そうするとティッシュの節約になるんですよ。半分でも結構使えるんです。ちょっと取り出しにくいけど」

私が笑いながら言ったので、義母はぎこちなく笑みを浮かべた。

「こんなことしなくてもティッシュくらいいくらでも持ってくるのに」

「静岡からですか。ティッシュの五個パック持って新幹線に？」

義母は珍しいものを見るような顔をして首を傾げる。

「秋穂さん、今日はなんだかすっきりした顔してるわね」

そんなことないですと私は目を伏せる。娘は彼女の膝の上なので、私は夕飯の下ごしらえに流しの前に立った。今頃知らない街で、夫の二人の息子も夕食が出来上がるのを待っているのだろうか。憎い女は彼らのために家路を急いでいるのだろうか。

ねえ本当に泊まっていっていいのと、義母は今日何度目かわからない同じ質問を繰り返した。

菓子苑

胡桃《くるみ》の素足は白くて柔らかい。太腿《ふともも》とふくらはぎの肉付きを気にしているようだが、むしろちょうどいい具合に弾力があり、長い膝下のラインからつながる足首が締まって見えて、本人が思っているよりずっと男性をそそる足をしていると思う。

私の部屋の、幾度もの引っ越しに耐え抜き、愛用しすぎてぼろぼろになった古いソファ。そこに埋もれるように胡桃は座り、ほとんど半裸に近い恰好《かっこう》でペディキュアを塗っていた。手足は長いが体の硬い彼女は自分の爪先にうまく色をつけることができず、小さく舌打ちしては何度もやり直している。除光液の匂いがつんと鼻をつく。それを見ていたら、彼女の美術や家庭科の成績がひどいものだったことを思い出した。指先が不器用で、私の部屋のミシンには興味を示したこともない。それでよく洋服屋に勤めていると思うけれど、しかしまあ、ギャル向けのショップ店員は洋服のお直しまではしないのかもしれない。

見かねて「塗ってあげようか」と言ったら、こちらが驚くほど顔を輝かせた。細面で年齢より大人っぽく見えるが、満面の笑みを浮かべると急に子供っぽくなる。その表情の落差が私は昔から好きだった。

「ネイルサロン代も馬鹿にならないからさあ」

「そうなんだ」

ソファの端に座った私に、横になって素足を投げ出し胡桃は言う。

「そうなんだって、舞子《まいこ》はネイル行かないの？」

「行ったことない」

「たまには行ってみなって。自分でやるのと出来あがりとか持ちが全然違うから。ジェルなんて自分じゃできないもんね。でもあたしさ、あのジェルネイルってあんま好きじゃないんだよね。なんかぽてっとしてない？　爪は薄い方が綺麗だと思うんだけど。自分で落とせないってとこがまたなんかヤなんだよね」

自分でやるのと全然違うと言われても、この子は私がマニキュアをしているところを見たことがあるのだろうか。

いや、胡桃は私に向かって言っているのではなかった。彼女の口から溢《あふ》れだす言葉はほとんど独り言に近い。ツイッターのようなものだ。頭に浮かんだことをそのままつぶやく。ずっと前、彼女が道でばったり会った同級生と喋《しゃべ》っているのを見たことがあるけれど、お互い言いたいことを言っているだけで全然会話になっていなくて驚いた。

ジェルネイルというのがどういうものかも知らないが、私は最近のネイル事情についてペらぺらと喋る胡桃に適当に相槌《あいづち》を打ちながら、濃いあずき色のエナメルを彼女の爪に慎重に乗せていった。親指の爪以外は赤ん坊のもののように小さいのですぐはみ出してしまう。しかしなんでこんな変な色をわざわざ塗るのだろう。小指の爪にその色を塗ったら血豆みたいに見えた。

それにしても春になったとはいえ、まだコートを仕舞うのも躊躇《ちゅうちょ》するほど冷え込む日もあるので、せっかく足の爪を塗っても靴に隠れて誰も見ないだろうに。

「よかった。おかげで明日サンダル履けるよ」

私の考えを読んだかのように胡桃は言った。

「まだ四月だよ?」

「もう四月だよ。ショップの子はみんな履いてるよ。サンプルも沢山入って来てるしさ」

「足首冷やすとよくないんじゃない?」

「若いから大丈夫」

興ざめな様子で彼女は手元にあったリモコンを取り上げ、テレビのスイッチを入れた。私の狭いアパートには大きすぎるテレビ画面から賑やかな色と音が溢れだす。テレビもソファ同様古いのでカラーバランスが悪く変にちらちらしている。いま私は一人でいるときほとんどテレビを観ないので、買い換えるというよりむしろ捨てたくなっている。捨てないのは胡桃が来るからだ。彼女はBGM的にいつもテレビを点《つ》けていた。

胡桃は急に口をつぐみ、食い入るようにしてアイドルグループの出ているバラエティー番組を観ている。私は私で彼女の素足を飾り立てることに精を出す。

最初ひんやりしていた彼女の爪先が、私の掌の温度と同化して熱を帯びてきた。人間の重みと体温を感じるのは久しぶりだ。もう何年も私は直に人の肌に触れていなかった。通勤の混んだ電車でうっかり知らない人と肌がくっついてしまうような不快な接触しかしていない。そう思ったとたん、最近職場で接近しつつある男性の顔が頭をよぎった。私はあの人に触りたいだろうか。あの人は私に触りたいと思っているのだろうか。

いやに静かだなと思って視線を彼女の爪先から腹へ、そして顔の方へと辿ってゆくと、胡桃はクッションに片頬を押しつけて軽い寝息をたてていた。手には昔からうちにある、古い犬のぬいぐるみを抱えている。タオル地でできたそれは私の手作りで、手垢でぼろぼろになっているのに捨てられなくてずっとソファに置いてあるものだ。そうだ、これも胡桃がよく枕にしたり意味もなく抱えていたりするので捨てられないのだった。

私は無防備な彼女の寝顔を眺めた。閉じられた柔らかな瞼《まぶた》と長い睫毛《まつげ》。通った鼻筋の下の薄い唇。普段あまり真正面から見つめることができないので、じっくりと私は彼女の顔を観察した。今日彼女は仕事が休みで、すっぴんのままだ。中学生のときに大量にできたにきびの痕を気にしているようだが、本人が気にしているほどには目立たない。それよりは肌の張りときめ細かさのほうが優っている。化粧などしない方が綺麗なのに、爪だって何も塗らない方が薄桃色で綺麗なのに、どうしてどぎつい色をつけたがるのだろう。

ふいにのぼせるような暑さを感じ、私はエアコンのスイッチを切った。いつの間にか設定温度が上げられている。胡桃は薄着でいるのが好きなので、ちょっとでも肌寒いと躊躇《ためら》いなく暖房を強く入れる。寒がりならもっと着こめばいいのに。夏でもないのに素足でサンダルなんか履かなければいいのに。私は彼女のすることがいちいち理解できない。

画面の中では今いちばん人気のあるアイドルグループが手を振っている。どの子が好きかと胡桃に尋ねられたことがあって、誰の名前も知らないと言ったら驚かれた。じゃあこの子にしなよと一番地味に見える子を彼女は指した。そう言われたらその子が好きなような気がしてきたから不思議だった。そろそろ彼女を起こさないと終電の時間になってしまう。しかし寝ているところを起こすと彼女はだいたい不機嫌になる。このまま寝かせておこうか。だが以前、泊まっていけばいいと思って起こさなかったら「なんで起こしてくれなかったの」とひどく責められた。どうしようかと逡巡していると、ふっと胡桃は目を開けた。

「うわ、寝ちゃった。いま何時？」

「もうすぐ十一時」

「やばい。帰らないと」

「泊まっていけば？」

一瞬彼女は考える顔をしたが「明日早番だし」と呟《つぶや》いて起き上がった。両腕を天井に伸ばし、漫画のような遠慮のないあくびをした。キャミソールの背中で肩甲骨がよく動く。私は座ったままのびやかな彼女の体を眺めた。私より十センチ背丈が高い。ずっと背中の真ん中まであった髪を最近ショートボブに切ったので、首から肩にかけてのすんなりしたカーブがより際立って見える。

食べ終わってそのままだったカレーの皿を持って、彼女は軽い動きでシンクまで運んでいった。

「そんなのいいから支度しなよ」

「こんくらいいいって。まだ時間あるし」

甘く掠《かす》れた声で胡桃が言う。機嫌のいいとき、彼女の声はトーンが落ちてゆったりしたものになる。ハイテンションでまくしたてる時の彼女は、笑っていても実はとても機嫌が悪かったりする。

シンクで皿を簡単に洗うと、食べ散らかした菓子の袋をゴミ箱へ放って、彼女は脱ぎ捨ててあった服を取り上げて身につけていった。細身のジーンズに肌にぴったり張り付くTシャツ、明るい色に染めた髪を掻《か》きあげて、フェイクレザーのジャケットを羽織った。

「じゃあね、ペディキュアありがとう。野菜カレーもおいしかった」

「ううん。次はいつ来る？」

あまり考えずにそう尋ねてしまってから、いまのは鬱陶《うっとう》しかったなと後悔した。まるで愛人を待つだけの淋《さび》しい女みたいだった。

暗く小さな玄関でヒールを履きかけた胡桃はゆっくりこちらを振り向き、細い肩越しに私の顔を見た。大きな瞳が光る。

「あ、そんなのわかんないよね。ごめんごめん。またメールして」

うろたえ気味に笑っても、彼女はまだ無表情に私を凝視していた。キレるか。キレる前兆か。私は身を固くした。

「舞子さあ」

下駄箱の上に置いてある花瓶を目の端にとらえる。あれをつかんで振り下ろされたらどうしよう。

「また一緒に住まない?」

「……え?」

「一緒に暮らさない? あたし、やっぱり一人暮らしには向いてないかも」

意外なことを言われて返事に窮した。彼女は靴を履いてしまうと、ジャケットのポケットに両手を入れてドアに寄りかかるようにしてうつむいた。髪が横顔を隠してどんな表情をしているのかわからなかった。

「もうちょっとマシなとこ引っ越したいって思ってたんだ。ワンルームってやっぱ息苦しくて」

私はまだ言葉を選べなくてただ突っ立ったままだ。

「何もここに転がり込むなんて言ってないから安心して。六月には少しだけどボーナスももらえるし、一緒だったらお互いもう少し広くていいとこに住めるんじゃない？　あたし、家事もするし、お金も折半にするし、迷惑かけないから」

「うん、でもそれは」

「お互いマニキュア塗りっこしたり、洋服取り換えっこしたり、楽しいんじゃないかな。今日すごくそう思ったの。考えておいて」

そう言い置いて彼女はドアを開けた。私の顔を試すようにもう一度じっくり見、唇の端だけ持ち上げて頰笑んだ。するりとドアの外へ消えて行く。

閉じられたドアの前で私はずいぶん長くそのまま立っていたが混乱した気持ちは収まりそうもなかった。のろのろと部屋に戻ると、カーテンを閉め忘れた夜の窓にスーパーで買った安いジャージ上下を着た自分が映った。洋服を取り換えっこと言っていたが、胡桃がこのジャージを着るだろうか。

私はずっと昔から彼女の願いを断るのが下手だった。今回も断れないのだろうか。私は再び彼女と暮らすのだろうか。

いま帰りの電車。今日はまいちゃんにペディキュアぬってもらっちゃった。サロンいく暇ないし助かったなり。明日は新しいサンダルおろしちゃお。

まいちゃんにはいつも助けてもらってばっかだなあ。一番あたしのことわかってくれる大切な子。夏には一緒に暮らす約束しちゃった。女同士で助け合って生きるのだ。

レズと違うし。もしそうだとしてもカンケーねえだろ。お前なんか速攻ブロック！

明日は早番。早起きつらし。朝に食べる用にお気に入りの贅沢生ロールケーキ、セブンで買って帰ろうっと。

勤め先のカルチャーセンターには数年前から早朝英会話と早朝ヨガのコースが開講され、予想以上に好評を博している。必然的に誰か職員が早朝に出社しなければならないのだが、私はその役を買って出ることが多かった。特に手当は出ないが、その分残業を免除されることが多いし、女子職員達に感謝されている。私にはこれといって趣味もなく、込み入った人づきあいも、もちろん恋人もないので時間には余裕があった。要するに暇でつまらない人間なのだ。

まだ朝の七時だというのに、ビジネススーツを着こんだ男女が颯爽《さっそう》と受付を済ませて教室に入ってゆく。そんなにまでして英会話だのヨガだの習うのはいったい何のためなのだろう。馬鹿にしているわけではまったくなくて、私は心から感心してしまうのだ。一度か二度で来なくなってしまう人もいるけれど、一度も休まず長い期間続けている人も多い。そういう人はどんなに早朝でもきちんと身づくろいをしている。女性は隙なくメイクをし、男性は丁寧に髭《ひげ》を剃《そ》って石鹸の匂《にお》いを漂《ただよ》わせている。

体を鍛えて、能力を磨いて、社会の中で価値ある人間として生きてゆく。そのためには睡眠時間などいくらでも削るというのだろうか。そうして何を獲得してゆくのか。生きている実感なのか、他人からの賛辞なのか、家族との豊かな生活なのか、はたまた享楽《きょうらく》と言われるもの全てなのか。

会員達が教室に消えてしまうと、私はコーヒーを淹《い》れて自分のデスクに腰を下ろした。この時間には問い合わせの電話などもかかってこないし、皆が出社してくるまでの一時間余りほとんど仕事らしい仕事はないので、誰かの土産の菓子を口に入れ朝食代わりにすることが多い。この職場はセンター長と、嘱託《しょくたく》で来ている初老の事務員以外は全員女性で、いつも誰かしらが何か菓子を持ちこんでくるので私はここで働きはじめてからだいぶふっくらしてしまった。

いや、胡桃と一緒に住んでいた頃が痩《や》せすぎだったのだ。空腹を感じていざ何か食べようとすると、喉が詰まったような感じがして固形物がうまく飲みこめなかった。神経が休まる暇がなく、食べ物まで興味が行き渡らなかった。胡桃が出ていったあの日、私は悲しくてつらくて号泣したのに、ひとしきり泣いてしまうと何故だか食欲が突きあげてきて、真っ赤な目と鼻のまま、首を傾《かし》げながら近所に鰻を食べに行ったのだった。

胡桃は癇癪《かんしゃく》を起こすと手がつけられなかった。私が作ったものに大嫌いなタマネギが入っていたとか、明日着て行くブラウスが皺だらけだとか、好きなタレントがテレビに出てるときに話しかけたとか、些細《ささい》なことでヒステリーを起こした。私に直接暴力をふるうことはなかったが、足で壁を蹴りつけ、そこらじゅうにある物を投げつけ、密林にいる鳥のような意味不明の奇声を発した。

私達が同居していた末期の頃、胡桃は一番精神的に不安定だった。母親代わりだった祖母を突然亡くし、彼女は混乱していた。

それでも胡桃との生活は、私にとって本当にかけがえのないものだった。彼女は荒れ狂ったあと、最後には泣き疲れて私の腰に抱きついて眠った。そんな彼女の髪を撫《な》でていると、彼女には私しかいないし、私にも彼女しかいないという気持ちになった。胡桃は何でも私に話してくれたし、何でも話せる人間は舞子しかいないと口癖のように言っていた。それは嘘には聞こえなかった。

感情のアップダウンの激しい彼女と向き合うには相当なエネルギーが要るが、いつか私の役目の代わりを担う男性が現れるまで、胡桃は私のものだと思っていた。なのにあの日、彼女は私の下《もと》を出て、三歳の時に会ったのが最後の、顔も覚えていないはずの実の父親と暮らすと告げたのだった。そのときの絶望感は今も私を傷つける。

その胡桃が、再び私と暮らしたがっている。だが、昨夜私を襲ったものは喜びよりも当惑だった。敏感な彼女のことだから、きっと私の感情を咄嗟《とっさ》に感じ取ったに違いない。

ふと気がつくとコーヒーはひとくち飲んだだけですっかり冷めてしまっていた。もうすぐ職員達が出社してくる。カップを洗って仕事を始める準備をしようとパソコンを立ち上げたとき、傍《かたわ》らの電話が鳴りはじめた。代表番号ではなくダイヤルインのほうにかかってきたので、たぶん職員の誰かだろう。それでも畏《かしこ》まって電話に出ると、「おはようございます」と男性のよく通る声がした。誰であるかすぐ思い当ったが私は気がつかないふりをする。

「随筆講座の井出《いで》ですが」

「おはようございます」

「今日の午後の講座、もしかしたら少し遅刻しそうなんです。申し訳ありません。今、盛岡にいるのですがどうも新幹線のダイヤが狂ってましてね」

「はい、ニュースで見ました。明け方に東北で地震があったようですね」

「そうなんですよ。大した揺れじゃあなかったんですが、線路の点検とかでダイヤが乱れてて」

彼が昨日盛岡で講演をしていたことを私は知っていた。だから今朝、そのあたりで地震があったことをニュースで見て少し心配になっていたのだ。

「生徒さんには待って頂きますか？　天災ですから休講にもできますが」

「いや大丈夫だと思います。時間ぎりぎりになるかもしれないので、一応連絡をと思いまして。時間より遅れそうだと判断したらすぐにまた連絡入れます」

「はい、ご丁寧にありがとうございました」

「こちらこそどうもありがとう、俵屋《たわらや》さん」

急に名指しで礼を言われて私はうろたえた。毛細血管にどっと血がゆきわたる感じがした。

「最初からわかってましたよ。こんな早くに出勤しているのは俵屋さんしかいないだろうって思ってたし。そうでなくても声でわかります」

電話の向こうで彼は笑った。

「恐縮です」

「いえこちらこそ」

「講演はいかがでしたか」

「あれ、講演で来てるって言いましたっけ」

衝動的に電話を切ってしまいそうになった。彼の予定を覚えていたこと、そしてそれを彼に告げてしまった自分が消え入りたいほど恥ずかしかった。

「あ、いえ、その」

「嘘です。からかったんです。盛岡へ行くって話を先週したじゃないですか。ちゃんと土産も買いましたよ。よかったら今晩飯でも行きませんか。何時頃までお仕事ですか?」

含み笑いの声が聞こえてくる。事務所には自分しかいなかったが、それでも素早くあたりを見回して人の姿のないことを確認した。

「今日は六時半には上がれますけど」

「そちらの講義のあと僕は打ち合わせがあるんだけど、新宿まで出てきてもらっていいでしょうか?」

「はい、大丈夫です」

「七時半くらいからでどこか予約しておきます。携帯の方に連絡していいですよね。じゃあ楽しみにしてます」

私が何か気のきいた返事をしようとしているうちに、彼は「よろしく」と電話を切ってしまった。突然決まった食事の約束に私はうまく気持ちが馴染《なじ》まなくて、天井の蛍光灯を意味もなく見上げた。

井出は今年からうちのカルチャーセンターで随筆講座の講師を受け持っている。彼は出版社勤務を経てコラムや評論を書き、一時期ワイドショーのコメンテーターをして全国的に顔が知られた。どうしてもテレビの印象が強いのだが、実はテレビには一年しか出ていなくてそれきりだという。たった一年で顔と名前が全国にゆきわたるのだからテレビというのはすごい。テレビにはそれ以降出ていなくても、各種雑誌で彼の顔写真を見かけることは今でも多い。文化人としては有名な部類に入るので、彼の講座は募集をかけたとたんに定員いっぱいになった。うちのカルチャーセンターは大手ではなく、都心からも少し離れているのでそうそう有名な方には来てもらえないのだ。

職場の女性たちも最初は色めき立ったりしていたが、今ではそれほど彼に関心はないようだ。実際に会ってみれば井出は単なる中年男性で、背丈も低いし髪は薄く腹が出ている。着ているものも何となくもっさりしていて、一般の人がテレビに出ている人に期待するような輝きやオーラは感じられない。

皆とは逆に私は最初まったくと言っていいほど彼に興味がなかった。彼に限らず、私は昔から人に対する興味が薄かった。異性とも同性ともある程度距離をおけばうまくつきあうことはできるのだが、その距離を詰めることが苦手で、だからこそ一回近くなってしまうととことん近寄ってしまう癖があった。それがわかっているので、あまり人には立ち入らないことを念頭においていた。

しかし、久しぶりに私は他人と距離が近づきつつあるのを感じている。異性という慣れない存在が私の磁場に入ってきつつある。嬉しいのか恐いのか、私には自分の感情がうまくつかめない。浮足立つ気持ちの反面、確かに私はそれを少し疎《うと》ましくも思っている。

今日なつかしい人に会っちゃった。同中《おなちゅう》だった雅人君。本社にお使い頼まれて、青山なんてあんまり来ないからちょっとさぼってぶらぶらしてたら声かけられた。ナンパかと思ってシカトしてたらしつこくて、よく見たら雅人君だった。すっごい背が伸びてたし、感じが変わってたから全然わかんなかった。

中三のとき友達四人で映画見に行ったことあったんだよね。でもそのとき他に好きな子いたから雅人のことあんま興味なくて、よく覚えてないんだ。で、ちょっとお茶しながらそう言ったら、おれはお前のことかわいいって思ってたからよく覚えてるよ、やっぱすげーキレイになったなあって言われちゃった。

近いうちに飲みいこーぜってアドレス交換したよ。これって運命だったりして。今の職場、ショップの子もお客もみんな女だからさあ。久々に気持ちあがった。まだちょっと肌寒かったけどショーパンとサンダルでよかった。雅人、あたしの足ばっか見てたもん。

あー初デートなに着て行こうかな。めっちゃ楽しみ。

胡桃を見ていると自己愛という単語がいつも浮かぶ。

自己愛を満たすことが第一義で生きている、自己愛を満たすことが生きることそのままだとも言える若くて綺麗な彼女。自分で自分を愛するだけではまったく足りず、誰かに愛してもらわなければうまく呼吸もできないようなもろい女だ。私は彼女が溺れないための浮き輪でいい、そう思ってきたし、今でも思っていることは嘘ではない。

最近胡桃と会うのは私の部屋が多くて、外で会うのは久しぶりだった。聞いてほしいことがあるから渋谷でご飯食べようとメールがきて、多少億劫《おっくう》ではあったが、断るほうがもっと面倒なので渋谷までやって来た。とろくさい私は何度も人に肩をぶつけられながら、彼女が働くショップ近くのコーヒースタンドまでやって来た。

どうせ待つだろうと奥の席に腰を落ち着けて文庫本を開いたところで胡桃が現れた。盛り上げた薄茶の髪と舞台化粧のようなアイメイクは何度見ても慣れなくてぎょっとするのだが、場所柄そんな子が沢山歩いているからなのか振り向く人は特にいない。

「おなかへっちゃった。飲み行こうよ」

「いいけど」

「いい店あんだよ。近いからさ、早く行こう」

彼女はいやにテンションが高かった。街で会うといつもこんな感じではあるけれど、最近部屋の中でけだるくしている胡桃しか見ていなかったので、私は少々怖気づく。

センター街を軽い足取りで歩く彼女を追うようについて行く。ドリンク券を持った呼び込みの男達が群がってくるのを楽しげに捌《さば》きながら彼女は雑居ビルの小さなエレベーターに乗り込んだ。扉が開いたとたん威勢のいい店員の声に迎えられ、あれよあれよと隅の席に案内された。表面だけは洒落ていて、でも安普請であまり清潔でない掘り炬燵《ごたつ》式の席だ。ファミレスにあるような巨大でつるつるしたメニューを渡される。おしぼりからはトイレの芳香剤みたいな匂いがした。二人ともビールが好きではないので甘い果物のサワーと、つまみは胡桃がどんどん頼んだ。注文を取りにきた店員は胡桃と私を不思議そうに見比べた。

飲み物がくる前から彼女はもう男の話をはじめていた。中学の時の同級生と偶然会って、アドレスを交換して、飲みに行って、付き合うことになったと頬を紅潮させて語った。

「え？　もう付き合いはじめたの？」

「なんかすごく一緒にいて和むんだよね。運命の人がこんな身近にいたのかーって感じ」

予感はしていたが、やはり今日呼び出された理由は新しい男の話をしたいからだったのだ。もう胡桃の恋愛の話には辟易しているのだが、やはり心配なことは心配なので耳を傾けてしまう。

「その雅人君って、今どこに住んでるの？」

「んー、まだ実家だって」

「仕事は？」

「表参道のレストランで働いてるんだって。コック見習いらしいよ。料理作れる男っていいよね。パパも料理上手だったから、私って男の人に料理作ってもらえる運命なのかも」

運命、運命、運命。男と寝ると胡桃はすぐ運命と口にした。運命とは何であるかよく考えたこともなく。胡桃に言わせると運命の恋人というのはこの世に一人きりで、その人といつか巡り合えることも最初から決まっているそうだ。小指に結ばれた赤い糸のようなものを信じているなんて、見かけは新しがりやでも考え方は妙に古いというか幼いままだ。

大人はみんな知っている。人生のパートナーはこの世で一人きりではないことを。賃貸マンションのように、条件さえ緩めれば、好きになれる相手はいくらでも存在する。問題は親密さを保つ努力や、相手のことを慮《おもんぱか》る想像力だ。それに加えてひと匙《さじ》の縁。それが胡桃の言う運命だとしても、恋人同士の関係維持はそれだけでは保たれない。それに彼女はただ、自分を褒め称え、わがままを聞いてくれ、会いたいときにはそばにいて、会いたくないときには目の前から消えてくれる便利な男を探しているだけだ。

憤怒の気持ちがこみ上げ、そう言って目の前の彼女を責めたてたくなった。しかし私は頭に浮かんだ言葉を全て甘い酒と共に飲みこんだ。そんなことはもう過去、散々言葉を尽くしてきた。そして彼女は聞く耳を持たなかった。というより私が言っていることがまるで理解できないようだった。

何も言わないうちから徒労感に襲われていた私は、やがて怒りよりも不安な気持ちが大きくなってくるのを感じた。その雅人君とやらがどれほど背丈が高く、俳優の誰それに似ていて、二人でどんな素敵なデートをしたかを嬉しそうに話す胡桃を見て、微笑《ほほえ》ましい気持ちになれたらどんなにいいだろう。

ここのところ胡桃はずいぶん落ち着いて仕事をちゃんと続けていた。遅刻も欠勤もなく勤め、店長にも可愛がってもらえて、アルバイト待遇から契約社員に昇格できたという。なのに、ここで新しい男に浮かれてうつつを抜かすのはどう考えても良い結果を生みそうにない。

恋人ができると急速に接近して盛り上がり、仕事があろうとなかろうと毎日必ず逢引《あいびき》し、近づきすぎて喧嘩をし、呆れられて振られるか、彼女の方が面倒くさくなって逃げ出すかして終わりを告げる。胡桃は今までそのパターンを例外なく繰り返してきて、しかもその度に始まりから終わりまでのスパンが短くなっていた。

恋愛中、彼女の生活は間違いなく荒れる。夜遅くまで男と会っているので仕事の時間にちゃんと起きられない。必要もない極端なダイエットをし、デートのたびに一回しか着ない洋服を買い漁る。携帯電話を片時も離さなくなり、彼から連絡があればどんな約束もことごとく反故《ほご》にする。そんな彼女をまた目の当たりにしなければならないのか。そして私は男と会えないといえば呼び出され、のろけられたり愚痴を聞かされたり、心ここにあらずの彼女の相手をしなければならない。

「恋人ができたんなら、一緒に住まないほうがいいんじゃないの？」

ついそんな台詞が口をついて出た。胡桃は私が目の前に座っていることに急に気がついたような顔をした。そしてアッシュブルーのカラーコンタクトを入れた瞳が冴《さ》え冴《ざ》えとこちらを見据える。地雷でも踏んだかと背筋が冷えた。

「舞子って彼氏つくんないの？」

今度は私が胡桃を凝視した。は、と短く私は笑った。

「つくらない。というかできないし」

「つくったほうがいいんじゃない。舞子には私しかいないのかと思うと重いんだよね。一生は面倒みれないいんだからさあ、彼氏じゃなくても男友達でもいいからつくったら？」

開いた口がふさがらなかった。私が胡桃のことを面倒みても、面倒をみられたことはないように思う。反論しようとして私は先程と同じように口をつぐんだ。確かに私には今、日常的に食事をしたりする人間は胡桃しかいなかった。私が余程《よほど》暗い顔をしたからか彼女が甘い声で付け加える。

「別に舞子のこと邪魔にしてるわけじゃないよ。一緒に住みたいのは本当だよ？」

「……うん」

「一人暮らしだとやっぱり彼氏が居ついちゃうからさあ。それって最初は幸せでも、やっぱあんまりよくないって最近思うんだよね。男ってすぐ人の部屋に上がりたがるし、一度部屋にあげちゃうとだいたい家飲みからセックスってパターンばっかになっちゃって、外でデートしてくれなくなるんだよね。男って図々しいよね」

たこ焼きを楊枝でつつきながら胡桃は吐き捨てるように言った。私は内心驚き返答に困って首を傾げる。恋愛の初期に彼女が男性全般を軽蔑するような、そんな発言をしたことは今まで一度もなかった。さすがの彼女も今までの失敗からいろいろと学んだということなのか。私と暮らしたいと言ったのはただの気まぐれかと思っていたが、男につけいられないようにという理由があったのか。

「ね、だから一緒に暮らそうよ?」

「私に彼氏ができて同棲するかもとかは思わないわけ?」

「いまつくらないって言ったじゃん」

「いまつくれって言ったじゃん」

声を揃えて私たちは笑った。笑顔の胡桃はやはりとても愛くるしい。テーブルにはつまみというよりはおやつのような食べ物が沢山届き、最後に二人とも巨大なアイスクリームのデザートを頼んだ。

会計しようとレジに立つと、偶然なのかわざとなのか彼女は携帯で誰かと賑《にぎ》やかに話しながら手洗いの方へ消えて行った。予想していた金額よりずっと安かったので私は胸を撫で下ろした。

あの日新宿の待ち合わせ場所で、煌《きら》びやかな店に連れて行かれたらどうしよう、もう少しきちんとした格好をしてくればよかったと期待と不安がせめぎ合うような気持ちを抱えて立っていたら、現れた井出は開口一番「生牡蠣《なまがき》食べられますか?」と勢い込んで言ったのだった。新宿三丁目の路地にあるオイスターバーは狭い店内にぎっちりとテーブルが並べられ、どの席でも皆楽しそうに牡蠣の殻《から》を積み上げていた。

気取りのない白いコックコートの店員が、今日ある牡蠣の説明をしてくれて、オイスターバーなど来たことがない私はどぎまぎしながら井出と店員に勧められるまま料理と白ワインを注文した。

男性と差し向かいで食事をすることなど本当に久しぶりで、最初なかなか緊張が解けなかったが、やってきた生牡蠣を次々と食べ、あまりの美味しさに目を見張っているうちに肩の力が抜けてきた。店は心地よく賑わっていて、料理はカジュアルなのに驚くほどおいしかった。シーフードサラダやチーズリゾットは、胡桃と行くファミレスや洋風居酒屋にあるものとは全然違って大人の味だった。

「こんな時期でも生牡蠣が食べられるんですね」

「昔はRが付く月じゃないといけないって言われてたけど、この時期からは岩牡蠣もあるし、真牡蠣も種類によっては年中あるんだよ。流通も昔に比べたらものすごく進んでるから新鮮なまま運べるしね」

「こんなお店、はじめてきました」

「いいでしょう？　僕はね、夏の夕方に生牡蠣を冷えた白ワインでやるのが好きでねえ。この店なかなか予約が取れなくて、今日は運が良かった」

井出は私の緊張ぶりに気がつかなかったのか、気づいていて知らないふりをしてくれたのか最初からずっと快活に話していた。持っていた紙袋から盛岡の土産だと言って、キャベツ一玉ほどの大きさがある巨大なシュークリームを出して渡してくれた。そして講演会での話、最近よく会う面白い人の話、雑誌の対談で会った有名人の裏話と、まるで私一人のためにトークショーをしてくれているみたいだった。私は彼の話に引き込まれ、最初の緊張も忘れて大笑いしていた。

知らない世界の興味深い話を聞いて、普段食べない美味しいものを食べて、明るく穏やかな大人の男性に気を配ってもらって、私は近年になく寛《くつろ》いでいた。そして三杯目のワインがグラスに残り少なくなった頃、私はいつの間にか胡桃の話をはじめていた。

私はつい誰にでも胡桃の話をしてしまう癖があって、「いつも胡桃ちゃんの話ばかりで他のことに興味がないの？」「会ったこともない女の子の話を延々とされても困る」というようなことを言われたことがあり、あまり外で胡桃の話をしないように気をつけていたのだが、飲み慣れない酒を飲んで、楽しくて気が緩んだこともあり、つい彼女の話をはじめてしまった。

井出は私の話に聞き入っているようだった。相槌を打ったり、小さく笑ったり、短く質問を挟んだりして、長くまとまりのない私の話に辛抱強く耳を傾けてくれた。話してしまってから急に、どうして今このタイミングで胡桃の話などしてしまったのだろうと恥ずかしさと後悔に襲われた。

「なるほど。彼女と一緒に暮らすことを、いま俵屋さんは迷っているんだね？」

お医者さんみたいだ、と私は井出の顔を見て思った。面倒くさがりの私は病院へ行くのが好きではなくて、時折風邪をこじらせて仕方なく医者にかかるのだが、そういう時お医者さんは今の井出のような顔でこちらを覗き込む。なるほど、もう二週間も熱が下がらないんだね？　と言ったりして。私は唇をきゅっと嚙《か》んでこみ上げてくるものを飲みこんだ。

「迷っているというか……でも断れないと思います」

「どうして断れないと思うの？」

「胡桃が困っているみたいだから」

うんそうか、そうだよね、困っている人のことは助けたいよね、そう独り言のように呟いて彼は皿に残ったリゾットを口に入れた。井出の手入れされた口ひげが動くのを私はなんだか不思議な気持ちで眺めた。

「ワイン、もう一杯どう？」

「私はもう」

「僕はもう一杯飲んでいいかな。あなたにはお茶をもらおうか。コーヒーか紅茶か。ここはデザートも美味しいんだよ」

感じよく笑って彼は言い、店員に頼んでデザートメニューを持って来てもらった。気を使ってもらえていることが嬉しかった。しかし、この人は何故私なんかにこれほど優しく接してくれるのだろう。私は楽しい話が沢山聞けたけれど、私が彼のことを楽しませたとは思えない。そう考えると、うすっぺらい月の前を白い雲が横切っていくような、かすかな月灯りに照らされて見えていた世界が暗闇に沈んでゆくようなそんな切ない気分になった。

井出はデザートを断って、代わりに出してもらったオリーブの塩漬けで赤ワインを飲んでいた。私はティラミスを食べてお茶を飲んだ。その間はあまり話さなかった。やがて勘定書きがやって来て井出はカードで支払いをした。自分の分を払いますと言い出したかったが、この場で言っていいのか、外に出てから言ったほうがスマートなのか、迷ってまごまごしているうちに彼は立ち上がってしまった。

外へ出ると井出は「またお誘いしていいですか？」と私に聞いた。私はあいまいに頷いた。

社交辞令なのか本音なのかわからなかった。私には気の利いたことが何も言えない。不覚にも鼻の奥がつんとして視界が滲《にじ》んだ。

「これをあなたにあげましょう」

地下鉄の入口で、彼はふと思いついたようにポケットから何か取り出した。受け取るとそれはすべすべした黒い小石だった。囲碁の石ほどの大きさで、平たくやや歪んだ楕円形をしていた。小さいわりには持ち重りがする。

「僕は離婚経験があるんですが、その一番大変で気持ちが荒れているときに友人がくれたんです。アイスランドでは腹が立ったときに、ポケットに入れてある小石を右から左に移すと怒りが収まるっていう言い伝えがあるって言って」

「アイスランド？」

「ま、どこでもいいんですけどね。これをポケットに入れておいて、ふさぎ込んだときとか自分を持て余してるときに、逆のポケットに移したり、ポケットの中でなんとなく触ったりしてると落ち着くような気がするんですよ。緊張したときなんかもいいです。あなた、気分転換が得意じゃなさそうだから」

　ぽかんとしているうちに彼は「じゃあまた」と言って地下通路を歩いて行ってしまった。

私はとうとう自分の分のお金を払えず、そして右手には巨大シュークリームの袋、左手には謎の小石が残された。

会いたい会いたい雅人に会いたいよ。メールもお互いすぐには返せないのがもどかしい。くっついて眠りたい。雅人、仕事仕事って言って休みの日しか会ってくれない。そんな人と付き合ったのはじめてだ。うちにもあんまり来ないし。

でもまあ実際は、誰かと一緒に寝ると熟睡できないからいいんだけど。とりあえず来月から休みのシフト、雅人が休みの月曜日にしてもらおう。

二十歳になったときパパに買ってもらったシャネルのバッグ、とうとう売っちゃった。底の方ちょっと傷があったけど十万になった。さすがシャネルさま。次のデートのために限定のあのブーツ買っちゃおうかな。

ツイッターつまんないな。誰も何も言ってくれないし、誰も助けてくれないじゃん。淋しいなあ、ずっと淋しいのかな。きっとあたし一生ひとりぼっちなんだろうな。

結婚？　結婚して幸せになった人なんて一人も知らないよ、あんた誰よ、何にも知らないくせに。

深夜、私は一人、部屋でパソコンに向かっていた。あれこれと考えてしまって寝付かれずに起きだし、パジャマのままモニターの灯りだけがぼんやり手元を照らす中、キーボードを叩いた。

不動産サイトで私は東京中の賃貸物件を検索する。職場のある駅から電車で三十分以内、家賃十四万以下、１ＬＤＫか２ＤＫ、駅徒歩十分以内、二人入居可と条件を入れると、全部見きれないほど沢山の物件が表示されたが、私はマウスを動かす手を止めた。

本当に胡桃が家賃を折半にしてくれるのならば、これらの部屋に住めないこともない。しかし結局私が何もかも負担することになる可能性は高い。今の私に十四万円の家賃に加えて水道光熱費などの経費を払い続けることができるだろうか。引っ越すとなると敷金礼金などもかかるし、あれこれと細かい出費も重なるだろう。貯金がまったくないわけではないが、それは病気や怪我や、そういう不測の事態のための備えなので手をつけるわけにはいかない。

家賃は毎月の手取りの三分の一以下に抑えなければ家計が破綻《はたん》するとどこかで読んだことがある。そうなると私が出せる金額は八万円までだ。その家賃で検索しなおすと、かなり郊外になるか、もっと狭い部屋か、ずいぶんと古びた物件になる。渋谷で働く胡桃が、電車で一時間以上かかる場所から通勤できるだろうか。体力的な問題ではなく、彼女の精神的な問題として。そして私が今更《いまさら》彼女と狭苦しい部屋で暮らすことに耐えられるだろうか。

いま胡桃が住んでいるのは渋谷から私鉄で十五分ほどの場所にあるワンルームで、ちゃんと聞いたわけではないが、父親が半額くらいは家賃を負担しているのだと思う。その分をそのまま出してもらえれば助かるけれど、私からはそう言い出しにくい。

だいたい私はここから動きたいとは思っていないのだった。この部屋は築年数が古い1DKだが、リフォームされて内装は綺麗だし、南向きで明るくて気に入っている。ここで一人暮らしをはじめて私はずいぶん落ち着いた暮らしをしていた。すぐ近くに商店街があって、そこで買い物をしているうちに、店の人とちょっとした世間話もするようになっていた。

考えが行き詰って、私はブックマーク一覧の一番下をクリックする。いけないと思いつつ、職場の講師名簿から井出の住所を見つけてマップ検索してみた結果だ。新宿御苑《ぎょえん》の縁に建つマンションの九階。そこからはきっと公園全体を見渡せてさぞ素敵な眺めだろう。

航空写真のモードに切り替え、マウスを使ってなんとなく地図の縮尺を広げていく。そうすると自分がどんどん空に昇ってゆくようだ。東京湾が右手に現れ、さらに広げてゆくと左手に富士山が見えてきた。私は手を止める。生まれ育った町を天空から見下ろす。静岡と浜松の間にある、袋井という町で私は生まれ育った。

久しく思い出していなかった子供の頃の記憶が蘇《よみがえ》ってきた。家はまあまあ裕福だった。祖父は地元で建築業を営んでおり、私の父は三男坊だったが、そこそこの土地と家を与えられてたぶん金銭的な苦労をしたことはなかった。父はのんびりと優しい性格だった。母は反対にしゃきっとしていてのんびり屋の父に小言ばかり言っていたが、よい組み合わせだったと思う。

私には年の離れた兄がいて、よく面倒をみてもらった。ひとまわりも離れていたので兄は私を邪険にすることなく可愛がってくれた。両親と兄、まわりに親戚も沢山住んでいて、私は家で叱られると逃げ込める場所が沢山あった。淋しい思いもしたことがなかった。

あのままずっと生まれ育った土地にいればよかったのだろうか。小さな砂丘があるだけであとはそれほど特徴もない、長閑《のどか》で平和などこにでもある地方都市。大学進学のために上京して、地元ではそう就職先もなくそのまま東京にいついてしまった。当時、田舎の広い家に住むことより、眠る場所が狭苦しくても、街全体を部屋の続きだと思えるような東京の方が住み心地が良いと思い込んでいた。

私は確かに愛されて育った。私の服やバッグのほとんどは洋裁の得意な母の手作りだったし、料理や菓子もみんな母が作った。季節ごとの行事も母は面倒がらなかった。和室にそびえ立つような雛人形は毎年きちんと出され、ひな祭りが終わると素早く仕舞われた。兄のための巨大な鯉のぼりを飾るのは父の役目だった。七夕もお月見も楽しかった。今ほど世間に知られていなかったハロウィンに、どこで聞いてきたのかかぼちゃをくりぬいてランタンまで作ってくれた。両親は子供を、特に私を喜ばすことに手間を惜しまなかった。そんな両親はもうこの世にいないし、兄ともずいぶん前からすっかり疎遠になってしまっているが、愛されて育った思い出は私の中で確固たる幸福として冷凍保存されている。今は誰からも愛されておらず、生きる甲斐《かい》のようなものを見失って虚無《きょむ》に沈んでも、冷凍された幸せをちょっとずつ解凍して食べ、生きながらえている。この世に生まれおちたとき、私は歓迎されたのだという記憶があるから、なんとかやってこられたのだと思う。

それに比べて胡桃はどうなのだろう。彼女の渇望《かつぼう》、不安定、尊大と卑屈さが風見鶏のようにせわしくくるくる回るのを見るのが私は正直に言うととてもつらかった。私ではあの子に精神の安定を与えられなかったという事実を認めるのが恐ろしかった。私は彼女を愛したつもりでいたけれど、あんなものでは全然足りなかったのかもしれない。いったいどのくらい愛されれば、彼女は心底満足するだろう。

私はパソコンの前を離れて古い鏡台の前に座った。母の遺品はどんどん処分してしまって、もうこの鏡台くらいしかない。これだって狭い部屋で使うには邪魔で、鏡など碌《ろく》に見ない私には必要がなく、次の引っ越しの時にはきっと捨ててしまうだろう。

スタンドライトを点けて、鏡に映る自分の姿を私は見つめた。あまりにもぱっとしない容姿なので、普段自分の顔などしみじみ眺めたりはしない。見慣れない自分の顔を観察するのはどちらかというと苦痛だった。胡桃くらい可愛ければ鏡を見るのも楽しいだろう。あの子はいつも手鏡を持ち歩いているし、街のショーウィンドーに姿が映るとひょいひょいと前髪を直したりポーズを取ったりしている。

鏡の中の私は疲れた顔をしていた。まぶたがたるみ、目の下にはうっすらと隈《くま》がある。口角が不機嫌そうに下がり鼻のあたりの毛穴も目立つ。この顔を井出は正面から見つめて食事をしたのだ。そう思うと急に恥ずかしいような申し訳ないような気持ちになった。顔の造作は変えようがないが、もう少し小綺麗にして行ったらよかった。

鏡台の引き出しから化粧道具を出してみた。ファンデーションは乾いて固まり、口紅もずいぶん前に買ったものが一本あるきりなのできっと流行遅れになっているのだろう。

胡桃に化粧のことを教わりたいと言ったら、彼女はなんと言うだろう。

この前お月さまきたのいつだっけ。あんま正確にくるほうじゃないけどそれにしても遅れてるかも。だるいし熱っぽいし今日あたりかな。仕事行きたくないなあ。

一週間たった。まじやばいかも。前に誰かが生理遅れてるときは、さきイカ食べるとくるよって言ってたから一袋全部食べちゃった。余計気持ち悪くなった。馬鹿じゃないのあたし。

薬局であの判定のスティック買ってこなくちゃ。陽性だったら恐いからやだな。あたしまた赤ちゃんおろさないとならないのかな。

病院かあ。みんな病院すすめるよね。病院なんか行きたくない。まいちゃん、相談に乗ってくれるかな。でもこんなことまでは言えないよ。なんで涙止まらないんだろう。馬鹿みたい。あたしはあたしが大嫌い。

化粧のことを聞いてみたら、案の定胡桃は「舞子がメイク教わりたいなんて怪しすぎる」と大騒ぎし、私はあっという間に井出のことを白状させられてしまった。

「その人テレビで見たことある！」

手にしていたポテトチップの袋を放り出して胡桃は大きな声を出した。

「今は出てないよ。テレビに出てたのはたった一年で、断れない筋から頼まれて仕方なかったらしいよ」

私の言い訳などすっかり聞いていない様子で、胡桃は「芸能人だ芸能人だ」とソファの上でとび跳ねた。

「芸能人とつきあうなんてすごくない？」

「いやだから芸能人じゃないし、つきあってないし」

「んもー、とにかく少しは綺麗にしなくちゃ。あたしに任せて。メイク教えてあげる」

胡桃は私にまず洗顔からさせ、化粧水をコットンにたっぷり染《し》み込ませてこれでもかというくらい顔をはたいた。やりすぎじゃないのかと思ったが、それだけで驚くほど肌がしっとりした。

いつも持ち歩いているぱんぱんに膨れたポーチから化粧道具一式を出すと、彼女は私を鏡台の前に座らせた。鼻歌まじりで下地を塗っていく。

「リキッドファンデは一回掌に乗せて、あっためてから伸ばすの。小鼻のまわり、厚塗りにすると老けて見えるから気をつけてね」

「そうなんだ」

「へー、意外と染みとかないね。コンシーラーは目の下にちょっとだけで十分。眉整えるから目閉じて」

胡桃は手早く私の顔に化粧を施《ほどこ》してゆく。舞子は目が小さいからアイラインはブラックよりブラウンの方が大きく見えるとか、リップの輪郭をあんまりくっきり描くとおばさんぽくなるとか楽しそうに喋っている。洋服を売るよりこういう仕事の方が向いているのではないかと思ったが、せっかく彼女の機嫌のいい時に余計なことを言うのも何なので、私は黙ってされるがままになっていた。目を開けようとすると終わるまで見ちゃ駄目と強く言われた。

「見てみ？　別人じゃん」

終わったようなので目を開けてみると鏡の中には確かに別人の自分がいた。目には真っ青なアイシャドーと付け睫毛まで貼り付けられ、頰紅はクレヨンで丸く描いたかのようなどぎついピンクだった。ギャルメイクというよりは男が女装したときのメイクみたいにけばけばしい。

「なにこれ」

「まじ可愛くない？　これでデート行きなよ」

胡桃は腹を抱え涙まで浮かべて笑っている。わざとやったのだとやっと気が付いて私も噴き出した。でもよく見るとファンデーションはぴたりと塗れているし、眉も自分では描けないような綺麗なカーブだ。変な化粧が可笑しいだけではなく、楽しくて嬉しい気持ちがこみ上げてくるのを私は感じた。

人に化粧をしてもらったのは初めてだし、何より胡桃にやってもらったということが嬉しかった。胡桃は笑いながらどさりとソファに身を投げ、いつまでも含み笑いを漏らしている。

こんなにも楽しいのならば、やはり一緒に暮らすべきなのかもしれないと私は思った。生活費を折半するのは難しいかもしれないし、彼女は家事を私に任せきりにするかもしれない。それでもいいような気がしてきた。もしそのまま一生胡桃と暮らすことになってしまったとしても、それこそがまさに運命というものかもしれないじゃないか。

やっぱり一緒に暮らそうか、私はそう口に出そうと胡桃の方を改めて見た。彼女は古いソファの上、いつもの様子で足を投げ出して横たわっていた。いつの間にか彼女の顔から笑みは消えていて、曲げた腕に頭を乗せたまま呆けたような顔をしていた。うつろな瞳は焦点があっていない様子で何を見ているのかわからない。

私は声をかけそびれる。いつからこの子はこんなに何もかもに疲れたような、物憂い表情を覚えたのだろう。子供っぽいと思っていたのに、そこにいるのはすっかり憂いを身につけた一人の女だった。だるそうな胡桃の様子がなんとはなしに不安だった。

風邪でも引いたのか、と尋ねようとしたら、同じタイミングで胡桃が口を開いた。

「ねえ、新しい物件探してる?」

さきほどのご機嫌ぶりが嘘のように、尖《とが》った声だった。まるで私が物件探しをするのが当然のような口ぶりだ。むっとしたがなるべく平静な声で答えた。

「少し検索してみたけど、このあたりだと二部屋あるところは難しいかも」

「えー、渋谷から二十分くらいまでで2LDKって言ったじゃん。ちゃんと探してよ」

「そんなの幾らすると思ってるの。胡桃がいくら負担してくれるのかもわからないのに、高いところは借りられないよ」

ついこちらも強い口調になってしまった。胡桃はゆっくりと体を起こす。「はあ?」と吐き捨てるように言って彼女は顔にかかった髪を振り上げてこちらを睨みつけた。

「舞子さあ、本当はあたしと住む気なんかないんじゃないの？」

「……そんなことないけど」

「そんなことあるね。だいたいあんたさあ、昔から思ってもないこと適当に言うよね、あたしと暮らすより、新しい男と一緒に住みたいんじゃないの」

テレビのリモコンを彼女は握りしめている。あ、と思ったときにはそれが鏡台に投げつけられ派手な音をたてた。電池が外れてずっと向こうまで転がってゆくのを私は目の端にとらえる。体中が緊張して心臓が爆発しそうに感じる。数えきれないほど何度も何度も経験していることなのに、私は彼女の癇癪に慣れることがなかった。

「あたしの話、真面目に聞いてんの？　適当に聞き流してんじゃないよ！」

声のボリュームが上がって、彼女はかかとで椅子やミシンが載せてある作業台を蹴った。置いてあった裁《た》ち鋏《ばさみ》が床に落ちる。ひやりとして私は銀色に光る鋏を見た。あんなところに出しておかなければよかった。

「いつも聞いてるじゃない」

「聞いてないね。あたしのことになんか本当は関心がないんだよ。あんた自分が昔言ったこと覚えてる？　自分のこと親友だと思っていい、親友だからなんでも隠さないで話してくれていい、なんでも怒らずに相談に乗るって言ったじゃん。おばあちゃんが死んだ時そう言ったんだよ、そんなことも忘れちゃったんじゃない。この嘘つき」

胡桃が十三歳のときのことだ。嘆き悲しむ彼女に私はそんなことを言ったかもしれない。しかしよく覚えていなかった。

「だからあたし、舞子のこと親友だと思ってきたよ。学校の友達に言えないようなこともあんたにならと思って喋ってきたよ。それがなによ、あたしのこと邪魔なら邪魔って言えばいいじゃん。あたしのこと助ける気なんか本当はないんでしょ、一人で勝手に生きていけって思ってるんでしょ」

頭を掻きむしり、床を踏み鳴らし、ぐちゃぐちゃになった顔で胡桃は甲高く笑い声を上げた。悲鳴のような笑い声が狭い部屋に響き渡る。私は床に這いつくばるようにして、裁ち鋏を拾い背中に隠した。チンピラのように胡桃は私に唾を吐きかける。

「それでも母親かよ！」

冷ややかにそう言って胡桃は部屋を出て行った。あとを追うどころか私は恐怖のあまり玄関に鍵をかけていた。

椅子は倒れ、テーブルの上の食器や食べ物が床に散乱した部屋に茫然《ぼうぜん》と立ち、割れた鏡に目をやった。馬鹿みたいな化粧をした女が鋏を持って震えていた。ポケットに手を入れ、黒い小石を何度も握りしめたが、いつまでも震えが治まらなかった。

街は急速に初夏の空気に満たされてきた。吹く風は柔らかく、もう襟元《えりもと》を搔きあわさないで済んだ。街路樹の下には緑の濃い匂いが立ちこめて、私はこの季節の東京が一番好きだった。

あれから私は井出と二回食事をした。一度は映画の試写に誘われ、銀座の焼鳥屋に寄った。カウンターだけのその店は引き戸を全部開け放ってあり、道端で買い食いをしているような楽しさがあった。

二度目は行きつけだという居酒屋へ行った。居酒屋というよりは小料理屋風のその店では、常連の人達に混ざってテーブルを囲んだ。井出は「この人すごいんだよ、着てるもの全部自分で縫ってるんだって」と皆に私を紹介した。そこで初めて、井出が私に興味を持った理由を知った。

そういえば井出の歓迎会を兼ねた新年会のとき、私が職場の女の子達にスカートの縫い方を教えたことが話題になった。

生地を扱う衣料品店で私は長く働いていたので、型紙さえあればよほど難しいものでなければだいたいどんな服も縫うことができる。簡単なスカートくらいなら半日もかからない。ある日職場で、私の穿《は》いているスカートを自分で縫ったことがわかって、女の子達が大袈裟《おおげさ》に驚いた。それで頼まれて作り方を教えるようになったのだ。今はわざわざ作らなくても安くていい服がたくさん売っているが、その反動なのか、最近はまた服を手作りするのが流行《はや》りはじめているという。

胡桃は小さい頃から自分が身につけるものにこだわりがあって、私が作るものはあまり喜ばなかった。だから、娘とそう変わらない年齢の女子職員達が、パートで働く五十手前の私に洋裁のことをあれこれ聞いてくれ、素直に懐いてくれることがとても嬉しかった。井出は宴会のとき、年齢が離れている女の子達ととても仲よさそうにしている私に興味を持ったらしい。

その店では私や井出と同年代くらいか、もっと年上に見える男女が楽しそうに飲み食いしていた。若者のように大きな声で笑い、話し、時にはむきになって言い争いをしている。読んだ本の話、観た映画の話、それぞれの家庭の話、仕事の話、夢中になっている趣味の話と話題は尽きなかった。

手洗いに立ったとき昔ながらの割烹着《かっぽうぎ》を着た店の女主人が、「井出ちゃんはね、面白いって思った人を誰でも連れてきちゃうの。そのあと彼のこと抜きでみんな仲良くなっちゃうから、あなたも遠慮しないでいつでも店に来てね」と私に言った。

久しぶりに時間を忘れて私は見知らぬ人々と話し込んだ。日付が変わっていることに気がついて慌てて店を出ると、細いけれどくっきり明るい月がビルの最上階に引っかかっていた。もう電車のない時間なのに、路地にはまだ人が沢山歩いている。一緒に店を出た井出はタクシーを拾ってくれて、私が車に乗り込むと青年のような笑顔で手を振った。

恋愛じゃなくていい。いや、恋愛じゃないのがいい。私はネオンの中を走る車の中でそう思った。一対一で燃え上がり、他のもの全てを排除する恋愛ではなくて、私は人間関係が欲しかった。井出はそれを気づかせてくれた。

自分の中に今までとは違う何かが息吹《いぶ》いてくるのがわかった。私の人生は終わりに近づいていて、もう何の変化も起こらないと思っていた。夏が終わって秋がきて、冷たい冬の穴倉で目をつむってうずくまり、永遠の眠りがくるのを待つだけだと思っていた。

あれから胡桃は、時折ふらりと現れては金の無心をして帰ってゆく。貸してと言われて首を横に振れない自分に嫌気がさす。しかし渡さなければ、彼女はキレるか、私の目を盗んで財布から奪ってゆくだろう。

私はあの子をどうすればいいのだろう。母親は一生娘のことを考えて生きていかねばならないものなのだろうか。あんなふうに育ててしまった責任は私自身にあって自業自得なのだから、あの子が改心するまで説得し続けなければならないのだろうか。私は最初から母親失格だったのだろう。だが失格だからといって、生んでしまった娘の存在を消すことはできない。

胡桃のことは言えない。自己愛を満たしたいのは私も同じだった。私の本心は、自分の楽しみを何よりも優先させたくて、まとわりつく娘を遠ざけたかった。嫌気がさしても嫌悪しても、本心というものは空に月が浮かんでいるのと同じで変えようがない。月は要らないからと爆破できない。車は夜の中を走った。深夜のタクシーはどんどんとメーターの金額を上げてゆく。生きれば生きるほど高いツケを払うようにできている、そんなふうに同じなのだと私は酔った頭で思った。

元夫が指定した場所は、東京駅構内の銀の鈴だった。

銀の鈴と言えば東京駅構内の待ち合わせ場所として有名だけれど、実際に来たのは初めてだった。昔は本当に巨大な鈴が下がっているだけの場所だったそうだが、今はちょっとしたロビー風になっている。すぐそこにデパ地下並みに煌びやかな惣菜《そうざい》や土産の店があり、私は慌ただしく行き来する人を見ながら彼を待った。

元夫の電話番号も住所も知らなかったので、ネットで会社を検索したら昔のままオフィスはそこにあった。代表電話にかけて彼の名前を言うと、十分もしないうちに折り返し電話がかかってきた。今日これから海外出張に出るという。ならば帰国してからでいいと言ったのに、どうしても出発前に会って話したいと言われて、こちらから連絡した手前断れずにやって来た。

現れた元夫はまるで初めて会う人に見えた。離婚した時、彼の顔も言動も積極的に忘れることにしたので余計そう思うのかもしれない。銀の大きなトランクを引いて、シャツにジャケット、ネクタイまではしていなかったけれどきちんとした服装の彼は成功しているビジネスマンに見える。ひょろりと細い人だったのに貫禄《かんろく》がついた。きっともう重職に就いているのだろう。

「こんなところで慌ただしくて悪いね」

そう言って彼は笑顔まで見せた。柔らかい弧を描く目と唇がやはり胡桃と似ている。私はどんな顔をしていいかわからなくてうつむいた。

「連絡してくれてありがとう。一生君から電話なんかかかってこないと思ってたよ」

「出張ってトルコ？」

「そう。ヨーロッパとアフリカも回ってくるけど。しばらく帰って来られないから今日会えてよかった」

彼は絨毯《じゅうたん》やキリムを輸入販売している会社に勤務していて、私が以前勤めていた会社と取引があった。私は入社して程なく仕事を通して彼と知り合ったのだ。向かい合って立っていると、記憶の奥底に追いやっていた昔の彼のことが浮きあがってきた。若い時の彼は短気でせかせかしていて、皮肉っぽいものの言い方をしていた。そのくせ頼りにならずすぐ不機嫌になって子供のように唇を尖らせた。その同じ人が、スーツを着こなし、柔らかく落ち着いた物腰で話している。

「話って胡桃のことだろう？」

「胡桃のこと以外ないでしょう」

言ってしまってから私はたちまち後悔した。今では私の方がよほど幼稚ではないか。私のつっかかった言い方を気にする様子もなく、彼は壁際の空いたベンチを差してあそこへ座ろうと私を促した。

「胡桃、昨日も金を貸してくれって言ってきたよ」

腰を下ろすと彼はそう言った。

「昨日も？　それって前にもってこと？」

「時々ね。でもここのところ続けて来た」

私は深く息を吐き「迷惑かけてごめんなさい」と頭を下げた。

「君が謝ることじゃないよ。君と僕はとっくに他人だけど、胡桃にとって僕は父親だからね。別に君の監督不行き届きだなんて思ってない」

そう嫌味でもない口調で彼は言った。並んで座っているので表情まではわからない。そして気軽な感じでこう続けた。

「新しい彼氏ができたんだって？」

思わず右隣の元夫の顔を見る。目の縁に笑いを含んでこちらを見ていた。

「そんなことまで胡桃は喋ってるの？」

「あの子はいつ会っても君の話ばっかりだよ。だからまあ、君が元気にしてるのがわかってよかったけどね」

こちらは警戒心でいっぱいだというのに、彼は何も腹に持っていないような口ぶりだった。私は彼に対して大きな引け目を持っていた。昔、彼に対して私がしたことは酷いことだったというやましい気持ちがある。そのことを直視したくないのも元夫に会いたくなかった一因だ。

もう四半世紀も前のことだ。私と彼の間には付き合いはじめてすぐに子供ができてしまい、若かった私達は喜び勇んで入籍した。親やまわりの年長者は難色を示したが、二人とも社会に出て働いているのだから反対される理由がわからなかった。しかし一緒に暮らすようになって私はすぐ大きな問題に突き当たった。

生活を共にするようになって、私はあっさりと彼のことを好きではなくなってしまったのだ。外で会っているときは気が付かなかった彼の幼いものの考え方、横暴な口ぶり、同じように働いているのに家事も育児も主体的にはやろうとしない態度に嫌気がさした。できれば嫌いになどなりたくない、平和に家庭を維持したいと思って我慢も努力もしてみたつもりだったが、胡桃が三歳になった頃、限界を感じて家を出た。

そのあと私は、彼がいくら電話で謝って生活態度を直すと誓っても取り合わなかった。胡桃にも会わせなかった。父はもうその時亡くなっていたので、田舎の大きな家に一人で住んでいた母を東京に呼び寄せ女三人で暮らすことにした。母が小さい胡桃の面倒を見て家事も全部やってくれたので、私は外で存分に働くことができた。嫌いな男から離れる代わりに、私は母と娘と自分の三人分の食い扶持を稼ぐ必要があった。彼はすんなりとは離婚に応じてくれなかったが、家裁へ持ち込むと告げると、勝ち目がないと思ったのか離婚届に判を押してくれた。

幼かった胡桃には、あなたの父親の行方はわからない、私達を捨てていったひどい人だと言い含めた。彼女も私に父親のことをあれこれ聞いたことがなかったので納得しているのだと思っていた。だからまさか、私に隠れて胡桃が父親と会っていたとは考えもしなかった。母が胡桃にどうしてもと頼まれて彼の連絡先を教えたのだった。あとから思えば、小学校五年のとき、胡桃が突然私に乱暴な口をきくようになった。あのとき胡桃は彼に会いに行ったのだ。

母が死んだのは、胡桃が中学に入ったばかりの時だった。彼女の嘆きようは大変なもので、私と二人きりで暮らすのはいやだと暴れ、父親の元へ行きたいと泣いたのだ。あれほど傷ついたことはなかった。胡桃は母親代わりの祖母を失ってつらかっただろうが、私も最愛の母を失ったところだった。二人とも悲しくてつらいのに、慰めあうことができなくて傷つけあった。

それでも中学の間、胡桃は私と暮らしていた。父親のもとに行きたいと言われても私は許さなかったし、まだ中学生だった彼女は、母親の許しがなければ家に居続けるしかなかった。

しかし高校入学と同時に胡桃は決心して家を出て父親のところへと行ってしまった。元夫は大喜びで胡桃を迎えたという。彼女のために狭い一人暮らしの部屋から、ファミリータイプのマンションに移ったそうだ。私はそれらのことを全て胡桃から聞いた。その時でさえも、私は彼と直接話すことを拒んだのだった。

胡桃が本当に出て行ってしまったことに、私は打ちのめされた。母親として娘に全否定されたように思った。生きる張り合いをなくし茫然とした。だが一人取り残された部屋で私には想像もしなかった心境の変化が訪れた。

最初のひと月は一人分の食材を買うたびに、胡桃のことを思い出してつらかった。しかしもうひと月たつ頃に、私は自分の気持ちがいやに軽くなっていることに気がついた。食べるものがおいしく、夜ぐっすり眠れた。そんなはずはないと何度も打ち消したけれど、私は現実的に様々なことが楽になっていることを認めざるを得なかった。

仕事の帰りに、久しぶりに一人で映画館へ行った。特に観たい映画でもなかったけれど、観てみれば面白かった。予告編にあったものをまた観に行こうという気になった。映画館を出るともう夜の十時近くで、早く帰らなければと思った瞬間、いやもう急いで帰る必要もないのだと実感した。このまま気ままに最終の特急にでも乗って、どこか知らない場所へ泊りに行ってもいいのだ、そう思うと不思議な気持ちがした。嬉しいのとも悲しいのとも違う、心もとないような、すかすかするような気分だった。

それから半年もたたないうちに私は会社を辞めていた。会社は布地から衣料品から絨毯、カーテンまで全て巨大なスーパーマーケットチェーンに売り上げを絞り上げられ、会社ごと吸収合併されるのが近いと噂がたっていた。不穏な空気が充満する会社で、何人も部下を抱える主任として、会社の再建を目指す会議に出る情熱が私にはすっかりなくなっていた。改めて、私には胡桃や母親がいたから頑張れたのだと思った。私は自分のためにはそれほどは頑張れない。私だけではなくて、案外誰もがそうなのかもしれないと他人事のように思った。妻子を抱え、生活を守るために血眼になって働く同僚達に罪悪感を持ちながらも私はあっさり会社を辞めた。しばらくぶらぶらしてから、今のカルチャーセンターにほとんどアルバイト同然の待遇で勤めはじめた。部屋も小さなところへ引っ越した。自分一人が食べられるだけの労働と生活は、こぢんまりと簡素なもので十分だった。

つまり私は、あんなに嘆いていたにもかかわらず、本心では二度と胡桃と暮らす気がなかったのだろう。そうでなければあんなに簡単に仕事を辞め、家財を処分して引っ越したりはしなかったはずだ。

「君のほうの話から聞くよ。相談したいことがあって連絡してきたんだろう。もうあまり時間もないし」

そう彼に言われて私は言い出しにくいことをやっと口にした。

「私、また胡桃と一緒に住むことになりそうなの。それでもし胡桃に今まで家賃の援助をしていたなら、申し訳ないけどそのまま仕送りを続けてくれないかしら。恥ずかしいけど私はいまそんなに経済的に余裕がなくて」

彼は組んでいた足を組み換えて、やや考えてから頷いた。

「それは構わないけど」

「けど？」

「いつまでも仕送りすることが、あの子のためになるだろうか。もう二十三だろう。無職でもないんだし」

胃の奥の方から何か熱い塊《かたまり》が突き上げてきて、私は立ちあがってどなり散らしたくなった。そんなことは今更確認しあわなくても十分わかっていることではないか。私と元夫はそれぞれ他人になってから、その引け目であの子を甘やかし続けた。あの子が吐きだして泣いてしまうようなものは面倒だから食べさせず、口当たりのいい菓子だけ与えて、囲った狭い庭の中、安全ばかり気にして風に当てずに育ててしまった。

浅はかだったことはとうに気がついている。しかし私も母も、そして今目の前にいるかつての夫も、ただ闇雲にやるしかなかったのだ。

「今更そんなこと」

絞り出すように言うと、彼は深く息を吐いて腕時計をちらりと見た。もう乗らねばならない電車の時間なのだろう。

「いま僕達が争っても仕方ない。今日はどうしても伝えたいことがあったんだ。ツイッターやってる？　実は少し前に胡桃のアカウントを見つけてね」

新幹線の遅れを告げるアナウンス、人々が行き交う沢山の足音。彼の声はその中でもくっきり聞こえた。

「どうも胡桃は妊娠しているようだ」

耳に入ってきた言葉が意味として沁みてくるまで私は彼の顔を見つめた。

いやーおかあさん若いっすね、とその青年は言った。確かに私はどちらかというと童顔だし、あまりおばさんくさくすると胡桃が一緒に歩いてくれないので髪も着るものも多少若づくりかもしれない。でも本当に若い人にはわざわざ若いですねと人は言わないものだし、目の前に座っている私は彼がこれから結婚する女の母親なのだから、若いというのは間違っている。

そんなふうに頭の中では反発が溢れていたが、私は微笑んだ顔を維持して青年に頷いてみせた。

でしょでしょ、まいちゃん、若いでしょう。一緒に買い物とか行くとだいたい姉妹に間違えられるんだからと、胡桃はおもちゃのラッパのような可愛らしい声を出して青年に甘えた。

公園に面した明るいオープンカフェで、私は二人から結婚の報告を受けた。赤ん坊ができてしまったので急いで入籍することにしたと言う。青年は多少緊張しているようだが、そう悪びれてもいない。

私のお腹に赤ん坊ができたとき、元夫は私の父親に殴られた。しかし赤ん坊が生まれると、夫を殴ったその手で父は孫を抱き上げ、嫌がられるまで頬ずりをした。いつまでもおむつが取れなくて、丸いお尻をアヒルのように左右に振って歩きまわっていたあの時の赤ん坊は、いま目の前で頬を染めて男に寄り添っている。考えてみたこともなかったけれど、私もあの時、今の胡桃のように愛する男の傍らで美しく頬を輝かせていたのかもしれない。

青年はコック見習いで妻子を養えるような収入ではないので、一人前になるまでは自分の実家で胡桃と暮らすという。信じがたいことに彼女はそれをにこにこと聞いている。

彼の両親には昨日挨拶に行ったそうだ。あちらのご両親は、赤ちゃんが生まれるなら是非一緒に暮らしましょうと喜んだらしい。そのうち余裕ができたら近所にマンションでも買えばいいじゃない、とあちらのおかあさんは言ったそうだ。

「すごく気さくなおかあさんで、友達みたいなんだよ」

胡桃は大事な秘密を打ち明けるような顔で私に言った。何を言っているのだ、親子は友達ではないとお前が一番知っているはずではないか。この頼り甲斐のなさそうな、まだ子供みたいな男の赤ん坊を生んで本当に大丈夫なのか、あちらのご両親の言うことを言葉通り頭から信じていいものか、他人の家に入ったら想像もつかない苦労が待っているのだ。そう言いたかったが、私はそれをたぶん胡桃と二人きりになったとしても言えないだろう。

赤ん坊を生むことを決心した女は、誰の忠告にも耳を傾けない。それを一番知っているのは私だった。自分のためには頑張れなくても、自分の生んだ子供のためなら胡桃でも頑張れるのかもしれない。

テーブルの上のアイスティーが日差しに透けて琥珀《こはく》色の影を伸ばす。汗ばむような陽気だというのに、何故か胡桃はごつごつしたブーツをはいていた。それがおなかの赤ん坊のためなのか、流行の先端だからなのか私にはわからなかった。

ありふれた若い二人はつつきあって笑っている。胡桃は四角くて大きい今時の携帯を取り出して、爪に小さな石を光らせ愛しいものをさするように画面に触れた。


いままいちゃんに結婚の報告をした。赤ちゃん生んでいいことになった。住むところも素敵なおうちに決まった。仕事もやめて主婦になる。雅人は本当に運命の人だった。

女の子がいいな。かわいいかわいい女の子。一緒に買い物行って、お菓子を焼いてあげて、おそろいの洋服を作って着るんだ。夢がかなうって嬉しいな。

まいちゃん、あんまり嬉しそうじゃない。なんでだか黒い石をポケットから出して、お祝いだと言ってくれた。変なの。赤ちゃんが生まれたらまいちゃんのとこにもいっぱい遊びにいこう。

バヨリン心中

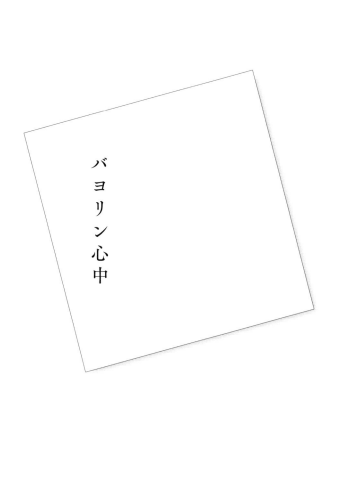

祖母の「バヨリン心中」の話を直《じか》に聞くのは初めてだった。

島の病院は高層タワーで、特別室は広々とし、大きな窓の向こうには入り組んだ浜名湖《はまなこ》と遠く遠州灘《えんしゅうなだ》が見渡せた。

浜名湖には大小合わせて五つの人工島が造られ、老人用のものは三島、あとの二島は比較的若年層の家族が住むタウンである。全国の湖や湾にタウンが建築されるようになったのは二十一世紀も半ばを過ぎてからだが、浜名湖がその先駆けである。

大理石を模した床にアンティーク風の応接セットが配置され、壁には美しい絵画が飾られている。立派なマルチモニターや書きもの用のデスクもあって高級アパートメントのようだが、そこが本来の居室ではない証拠に祖母は無骨な医療用ベッドの上にいた。

祖母がここに入院してもう一年だが、彼女が持ち込んだ私物は極端に少なく、腰までの高さのサイドボードに収まっている。その上には一丁のヴァイオリンが立てて置いてあった。初めて見舞いに来た時、もともと部屋にあった飾りなのかと思った。

私は正直、小さい頃から祖母が苦手だった。気分屋でデリカシーに欠け、プレゼントを渡してても気に食わなければ受け取りもしないような人だった。だから必要以上には近寄らないようにしてきた。

最近の年寄りは若い頃から肌の手入れを心掛けているせいか表面上は小奇麗な人が多いのに、祖母は顔から指先まで皺《しわ》だらけで、それも近寄りがたい理由のひとつだった。まるでスラムにいる年寄りみたいな雰囲気だ。健康診断が嫌いで大腸ガンの発見が遅れ、手術を繰り返したがもう全身に転移しているそうだ。薬で痛みはないらしいが、明らかに体の耐用年数が限界に近づいている感じがする。

今、祖母のベッドのまわりには、私、父、ポーランド人の青年、青年が連れて来た通訳が椅子を集めて座っている。

バヨリン心中とは、父が祖母の昔話にふざけてつけたタイトルだ。祖母は何度言ってもうまく発音できなくてヴァイオリンをバヨリンと発音するそうだ。聞き飽きている父は腕組みをして目をつむっていた。

通訳の男性はスペイン系の顔をしている。ポーランド人青年の斜め後ろに座り、我々が話すことをいちいち小声で同時通訳していた。通訳アプリを使えば済むのにそうしているということは、二人は恋愛関係にあるのかもしれないと私は思った。

ポーランド人青年は中世の城に住んでいる王子様のような美形だった。整形なのかもしれない。今時整形は珍らしくないので、美しすぎるとかえって整形だと思われる。私は祖母が若い時に一瞬した恋のおかげでクォーターで、生まれついての美に恵まれてはいるが、そのせいで得したということは特になかった。むしろ陰口ばかり耳にして人間不信に育った気がする。

祖母は語り出した。それはもう五十六年も前の話だった。

その頃私は毎朝五時に起き、軽自動車を運転して仕事に通っていました。浜名湖畔にある自宅から浜松の中心部まで車で二十分ほどですが、かなり時間に余裕を持って家を出ていました。

私の勤め先は浜松駅隣接のホテルでした。正社員ではなく派遣会社を通して契約で働いていました。最初の頃何度か遅刻をして、何をやらせても半端な人はせめて遅刻はしないくらいの気持ちでいなさいとマネージャーに叱《しか》られて、毎朝シフト時間の三十分前までには制服に着替えロッカールームに座っていました。

窓のない、ただ四角いだけの小部屋で私は携帯電話を弄《もてあそ》んで時間を潰《つぶ》しました。数日前に恋人から届いた一通のメールを何度も開いたり閉じたりしていました。

高校生の時から十年以上お付き合いをしていた恋人からの、別れを告げるメールでした。

別れといってもその頃には三カ月に一度会うか会わないかの関係でした。

【遠子《とおこ》にもう少しデリカシーがあったらよかったんだけど。いい奴《やつ》見つけて幸せになれよ！】

そんなメールをしてくる人にデリカシーがどうのと言われたくはないですが、それは私からの【そろそろ結婚してくれないと予定が立たなくて困る】というメールへの返信だったので仕方なかったのかもしれません。彼が二十歳の時に酔っぱらって「一生一緒にいような」と言ったのを私はずっと真に受けていて、ふと、いったいいつになったら話が具体的になるのだろうと思って問い合わせたのでした。

知り合いは続々と結婚したり子供を産んだり、仕事で役職に就いたり、地元を離れて都会へ出ていったりしているのに、自分の人生だけが停滞していると、その頃焦《あせ》りを感じていました。

でも私は子供の頃からものごとを突き詰めて考えるのが苦手で、その焦りについてもあまりちゃんとは考えませんでした。ただ無為に携帯のメールを開いて閉じて首を傾《かし》げる、それを繰り返していました。

朝食バイキングの店内は、十時近くなるとだいぶ空席が目立つようになります。銀色のウォーマーに山盛りだったハムや卵もほとんど捌《さば》け、寝坊をしたらしいワイシャツ姿の男性が失望した顔で残り物を皿にかき集めていました。

私の働くホテルは浜松駅直結の大型複合施設内にあり、日本を代表する老舗《しにせ》ホテルチェーンのひとつで、平日は圧倒的にビジネスマンが多いのです。

その職場を紹介された時はとても嬉しかった。短大を出たあと勤めた会社を三年で辞め、そのあとはアルバイトをして日銭を稼ぐのが精一杯でした。だから市の玄関口であり、東京の空気が流れ込む職場なら何か思いもよらないことが起きるのではと期待を持ちました。でも、特に何もないままもう三年がたとうとしていました。

社員と同じ制服は着ていますが、時給で働く学生アルバイトと殆《ほとん》ど何も待遇が変わらない私には、このままずっと勤め続けても出世も昇給もありません。仕事は決まり切っていて、厨房《ちゅうぼう》の人や社員の人と個人的な付き合いをするような機会もありませんでした。それどころか、大雑把な私はその決まり切った仕事でさえ、ぽかをすることが多かったのです。

その時私は三十歳を目前に控えていました。

それまでは、年齢という階段を上がってゆくとテレビドラマのように何かエピソードが自然に展開してゆくのかと思っていました。でも一クール三カ月で終わる架空の物語と違って、実際は放っておくと何も変化は起こりませんでした。

ビールのCMを見ると俄然《がぜん》喉《のど》が渇いて感じるように、私はその時、あらゆる宣伝に気持ちを乱されていました。自分の勤めるホテルに貼ってあるブライダルのポスターや、更衣室においてあった女性誌の一人暮らし用インテリア特集や、新聞に折り込まれていた資格取得のための通信講座のちらし、そういうものを見る度に胸がざわつきました。恋も結婚もできないのであれば、仕事や他の私生活を充実させねば。そう思うけれど、私にはやり甲斐《がい》のある仕事も没頭できる趣味もありませんでした。

どこか遠くへ行きたい、と私は窓の外に広がる遠州灘を見て思いました。

女友達のほとんどは、地元が好きでたまらないと言って憚《はばか》らない人ばかりでしたが、私はそこまで自分の生まれ育った土地を愛しているとは思えなかったので、どこか違う場所で暮らせたら違う展開があるのではと、遠くへ思いを馳《は》せました。名古屋でも東京でもいっそ海外でも。

そう思いながら何もできないでいるのは、単純に経済的な問題もありました。私の地元ではとにかく車がないと生活できないので、車のローンの支払いとその維持費で私の少ない給料は削り取られ、実家を出ることなど夢のまた夢でした。

ホテルの朝食レストランにやって来る客は、最初どんなに眠そうでも、食事を終えれば慌ただしく活気のある様子で出口へ向かって行きます。私は旅人達の背中を見送ると、侘《わび》しさが増幅される気がしました。自分も何か用事がある顔でどこかへ急いでみたいと毎日のように思いました。

そのホテルには、裕福そうな外国人も多く泊まっていました。

一口に外国人といっても、実に様々な人種がいました。アメリカっぽい人、中東っぽい人、インドっぽい人、アジアっぽい人。ひとりひとりのその向こうに異国が広がっているのだと思うと軽くめまいさえしました。でも一番驚いたことは、外国人だからといって誰でもが映画に出てくるような美形なわけではないということでした。様々な顔は様々に歪《ゆが》んでいて、それぞれ愛嬌《あいきょう》があり、動物園を見るよりずっと面白いと不謹慎なことを思っていました。

窓際の奥の席で西洋人が六、七人、食事が終わっても賑《にぎ》やかに話を続けていました。彼らは何の仕事なのか三日続けて来ていました。ビジネスマンのようにぴしりとした恰好《かっこう》ではなくカジュアルです。英語ではない言葉で話していました。外国人の年齢はわからないのですが、青年と中年くらいの歳の人が交じっていました。

その中にひときわ目をひく男の子がいました。大柄な彼らの中にあって一人だけ小柄で華奢《きゃしゃ》で、薄茶色の巻き毛がくるくるしていて、白すぎるほどの肌にはそばかすが散っていました。他の人達が賑やかに話す中、ひとりぼそぼそとパンを口に入れていました。

昨日の朝も私は彼を盗み見ていて、オムレツにかかっていたケチャップをぼんやりしてシャツの袖《そで》につけてしまったのを発見しました。私はすかさずおしぼりを渡しに行きました。遠目には美少年に見えたのですが、間近にしてみると少年という歳でもなさそうだし、美形というには目の配置が寄りすぎていて間抜けな感じもしました。でもなんだかお人形のように愛らしかった。不思議な甘い匂《にお》いもしました。知らない街の知らない匂いだと私は思いました。

十一時近くに彼らは立ち上がり、店を出て行きました。私は旅人達の食事の皿を、空虚な気持ちで片付けました。

そしてその日にとうとう人生の展開はやってきました。これはあとから思ったことですが、変化を求めている人間はそれが臨界点に達すると、半ば自分勝手に、強引に、それを引き寄せるのだと思います。

私はホテルの最上階にある展望回廊の受付に座っていました。朝食バイキングが終わったらその仕事を任されるのが常でした。週末や観光シーズン以外は恐ろしいほど客が来ません。アルバイトというのは、極端に忙しいところか暇なところを任されるものです。

地上四十五階にある展望回廊は県内で一番の高さで、何も遮《さえぎ》るものなく太平洋も富士山も南アルプスも望むことができます。

このタワーが建った時、私は高校生でした。両親と小さい弟と一緒に見物に来ました。これほどの高層タワーに上ったことがなかったのでその景色に私は感動したのですが、連れて行ってくれた父が帰りのエレベーターの中で「おれたちの身の丈に合わないもんだな」と言ったことをよく覚えています。

私は受付で巨大なガラス窓に背を向ける形で座り、ただじっと壁を見つめていました。いくら絶景でもこう毎日見ていては感動も薄れて、なんだか自分が水槽に入れられた金魚みたいな気がしていました。

その時エレベーターが停止音を立て、お客が降りてくる気配がしました。私は目を瞠《みは》りました。あの巻き毛の外国人が降りて来たのです。

入り口に設置してある券売機の前に立ち、首を傾げて料金のプレートを見つめています。手助けをと腰を浮かせかけたところで、彼は財布から小銭を出し券売機に入れました。彼はこちらにチケットを差し出してきて、私はどきどきしながら半券を千切って返しました。

ゆっくりと彼は景色を見ながら回廊を進んで行きました。手には何が入っているのか黒くて四角いケースを持っています。大窓からふんだんに入る日射しが彼の巻き毛を金色に光らせていました。背丈はそれほどでもないのに日本人に比べて腰の位置が高く、すらりと足が長かった。私は息をつめて、北側へ回る通路に彼の背中が消えてゆくのを見送りました。

じりじりした気持ちで座っていた私は辛抱しきれず立ち上がりました。備品のダスターを持って、窓の汚れをチェックするふりをしながら彼を追って行きました。

巻き毛の彼は壁際に沿って置かれたベンチに足を組んで座っており、私の足音に気が付いて顔を向けました。心臓が飛び出しそうになるのを堪《こら》えて私は渾身《こんしん》の笑みを浮かべました。すると彼の方も、思いがけず大きな笑みを返してきました。三十年近く生きて来て異性の笑みにとろけそうになったのはその時が初めてでした。

彼は私に小さく手招きをしました。近づいてみると、シャツの袖口にうっすらと残る赤い染《し》みを指さし「アリガトウ」と言いました。

私の顔を覚えていてくれたのだとわかって、耳まで熱くなりました。ありったけの勇気を総動員して動揺を悟られないように微笑《ほほえ》み、何気ないふりを装《よそお》って「ホエアーアーユーフロム？」と聞きました。

彼は一拍置いて「ワルシャワ」と答えました。

ワルシャワ。それどこだっけと私は固まりました。

「ええと、それってドイツでしたっけ？」

彼は首を一振りし「ポーランド」と答えました。

私はその国がヨーロッパのどのあたりにあるのかとっさには思い浮かばなかったし、ポーランドといえば思い浮かぶのはアウシュビッツくらいだったので急速に怯《ひる》んだ気持ちになりました。

でも彼は気を悪くした様子はなく、ずっと微笑みを浮かべています。朝食の時とはずいぶん感じが違いました。

彼は掌《てのひら》をひらりと反し、隣に座るよう促してきました。受付を放ってお客と一緒に座っているところを上司に見つかったらひどく叱られるに決まっていましたが、もうそんなことはどうでもよくて私は彼の隣に腰を下ろしました。

ずっとお泊まりになっていますね、日本にはどのくらい滞在されるのですか、観光ですか、お仕事ですか、東京じゃなくてどうして浜松に？

　というようなことを、私はありったけの英語力を掻《か》き集めて彼に尋ねました。この時ほど短大の英文科でしぶしぶながら勉強しておいてよかったと思ったことはありません。彼は宝石のような瞳でじっとこちらを見つめていました。青いだけではない、緑がかった瞳でした。それが癖なのか愛らしい犬のようにやや首を傾げていました。

　ごめんなさい英語は苦手で、僕はポーランド人だから。少しの沈黙後、ゆっくりとした聞きやすい英語で彼は言いました。私の下手くそな英語がよくわからなかったのだと気が付いて、似非《えせ》ホテルマンの私は真っ赤になりました。

「ぼくはアダム。アダム・ウカシェヴィチ」

　彼は右手を差し出してきて、私は恐る恐るそれを握り返しました。薄くて大きな掌でした。

「私は遠子です。片山遠子」

「トーコ？」

　私は頷《うなず》きました。特に好きでもなかった自分の名前が急に特別なものに感じられました。

「ニホンゴすこしだけわかります。ニホンのアニメーションがスキだったから」

「え、そうなんですか、ポーランドでもやっているんですか」

「ヤッターマン、セーラームーン、プリキュア」

「ええっ、私も子供の頃セーラームーン大好きでした！」

そんな遠い国で日本のアニメが放送されているとはと驚き、そしてすごく嬉しくなりました。

「それは何ですか？」

足元で控える忠犬のような黒いケースを私は指しました。

「ヴァイオリン」

彼は何故《なぜ》だかつまらなそうに肩をすくめて答えました。

自分はワルシャワの音楽大学の学生で、友好都市である浜松市から音楽のワークショップのため招待された、毎朝一緒にいるのは同じ楽団の人達で、彼らは八月いっぱいで帰国するが、僕は休暇を利用して韓国や台湾にも足を延ばしてみようかと思っていると彼は言いました。といっても、彼が英語であれこれ説明してくれるのを総合してそういうふうに聞こえただけでしたが。浜松は音楽の都で、立派なホールも世界の楽器を集めた楽器博物館もありますが、音楽にまったく縁なく成長した私にとっては、外国の人に言われて初めてそのことを思い出したという感じでした。

楽器を、それもバヨリンを演奏して生きている人になど、私は直《じか》に会ったのは初めてでした。本当は今ここで弾いてみてほしいと思いましたがそうはいかないので、私は違う質問を考えました。

「浜松の観光はしましたか？」

アダムは肩をすくめて首を振り、大袈裟《おおげさ》にため息をついてみせました。

私はたちまち何かわけのわからない使命感にかられ、前のめりになりました。

「よかったら私がご案内します。どんなところに行きたいですか？」

私の勢いに彼は面食らった顔をしました。そして少し考えてから「カントリーサイド」と言いました。

我が意を得たりとばかりに私は立ち上がりました。

「ぜひ私の地元にいらしてください！」

私は彼の腕を取って立ち上がらせ、展望回廊の大ガラスから西の方を指差しました。

「ほら、あっち。湖が広がってるでしょう。あそこの岸なんです、舘山寺《かんざんじ》という温泉地なんです。素敵なところです。ここみたいに都会っぽくはなくてただの田舎なんですけど、外国の方には珍しいと思います。私、休みを取って案内します！」

私の勢いに圧倒されたように、彼はぽかんとしていました。

「ええと、レイクサイドです、ホットスプリングス、マイホームタウンです」

やがて彼は大きな笑顔を見せました。

その翌々日、アダムが一日オフだというので、私は無理矢理休みを取って彼を舘山寺に案内することにしました。まだ梅雨は明けていませんでしたが、その日は真夏のようにくっきりと晴れ上がり絶好の観光日和《びより》でした。

私は夏のノースリーブシャツを着ていきましたが、アダムは一昨日と同じ袖口にケチャップの染みをつけたままの長袖シャツで、なんと背中にバヨリンを背負ってきました。駐車場で、車に置いておいたらと一応勧めましたがあっさり断られました。音楽家というのはそこまで肌身離さず自分の楽器を持ち歩くものなのだろうか、それともよほど高価なものなのだろうかと私は思いました。

まずは内浦湾《うちうらわん》を見渡せる遊歩道へとアダムを案内しました。湾の景色を目前にすると彼はオーッと声を上げ、知らない言葉でしきりに何か言いました。言葉はわからなくても景色の美しさに興奮しているのはわかりました。私もその日の内浦湾の眺めは、それまで見てきた中でも抜群に美しいと感じていました。

鏡のように凪《な》いでいる水面に、緑の丘が映り込んでいます。対岸の大草山《おおくさやま》へはロープウェイがかかっていて、その下を白い遊覧船が一艘《そう》滑るように通り抜けてゆきました。遊覧船の先にはレトロな遊園地の観覧車がゆっくり回っています。透明な青い空、光、緑、豊かな水面を渡る風がとても心地よく、空中に体が浮きそうなほど何もかもが快適でした。

内浦湾というのは巨大な浜名湖の東側にぴょこっと小さくへこんでいる部分で、湖の中の小さな湾です。その湾一帯がかんざんじ温泉という名の観光地となっています。古くからの温泉旅館が立ち並び、遊園地にマリーナ、フラワーパークに動物園と、様々なレジャー施設のあるこぢんまりとした箱庭的な観光地です。

地名となっている舘山寺というお寺から案内することにしました。

長い石段をアダムはリュック型の楽器ケースを背負って上がってゆきました。やっと着いたお寺を見上げ、物珍しそうに本堂を覗《のぞ》き込んでいました。私の目にもこんなに古ぼけていたっけと思うほど歴史を感じさせました。彼に説明するために観光案内所でもらってきたパンフレットを読みました。

「ええと、この舘山寺は弘法大師が開山した曹洞宗《そうとう》の禅寺《ぜんでら》で……って言ってもわかんないですよね。あ、実はここ、知る人ぞ知る縁結びのお寺なんですよ」

私は夥《おびただ》しい数の絵馬を指差しました。

「これは、つまりラッキーチャーム、オブ、ラブです」

彼は絵馬を手に取って表にしたり裏にしたりしていました。額に汗を光らせてにこにこ笑う様子は形容しがたいほど可愛らしかったです。ここが縁結びの寺ということは知っていましたが、自分がまさか外国人を案内しにくるとは想像したこともありませんでした。もしかしたらこういうことが縁というものなのだろうかと私はうっとり思いはじめていました。

私達はお寺を出て、林の中の周遊道を歩きました。内浦湾の反対側の浜名湖側に出ると、アダムはびっくりしたように立ち止まりました。

「シー？」

「大きいでしょう。でも海じゃなくて湖なの。レイク、ビッグレイク」

「ソー、ビューティフル」

「あっちに大きい観音様が立ってるの」

再び林の中を通って巨大観音のところへ来ました。子供の頃に来たはずだけれど、こんなところだったかなと私は思いました。十メートル以上はありそうな異様に大きい観音様は古びて錆《さ》びが浮き、そのまわりの蓮の花の飾りなどは日本の風景というよりは東南アジアみたいに見えました。私は看板の説明書きを読みました。

「ええと、この観音様は」

そういえば昔からあるこの巨大観音が、どんな由来なのか私は知りませんでした。

「舘山寺周辺は若い男女の心中があった……、えっ、心中？」

私は驚きながら続きを読み上げる。

「その霊の供養と、生きることの尊さ、死を思い止めるため、舘山寺保勝会の人達が広く浄財を募って、地元の人々の協力で一年余りかけて昭和十二年に高さ十六米《メートル》の大立像が完成しました……」

アダムは疲れたのか、木陰にある岩に腰かけて汗をぬぐっていました。私はひとりごちました。

「昭和十二年ね……」

その時は平成二十一年で、西暦でいうと二〇〇九年でした。指折り数えてみると、昭和十二年というのはその時から七十二年前のことでした。心中など物語の中の出来事だと思っていましたが、ずっと昔のこととはいえ、地元でそんなことが実際あったとは驚きでした。その頃はきっと自由に恋愛もできなくて、心中を選ぶ恋人達も今よりはいたのかもしれないと私は思いました。でも命より大切な大恋愛というのが私にはうまく想像できませんでした。

茫然《ぼうぜん》とした感じで座っているアダムに私は水筒に入れてきた冷たいお茶を勧めました。彼はごくごくとそれを飲みました。そして何やら話し始めました。英語と日本語とポーランド語が混じっていて半分も聞き取れませんでしたが、美しい湖、素晴らしいお天気、初めてみた景色、親切にしてくれてありがとう、そんな感じのことはわかりました。私は嬉しくなって彼を見つめただ頷きました。たどたどしい日本語がまじる様子が小さい子供のようで、胸がきゅんとしました。

「お腹すいたでしょ？　ランチを食べに行きましょう。このへんの名物はうなぎなんだけど、食べたことある？」

「ウサギ？」

「うさぎじゃなくてうなぎ。英語でなんていうんだっけ。イールかな。ドゥーユーノーイール？」

「ノー。でもトライします。ニホンのたべもの、みんなオイシイ」

「ほんとに？　ユーアーブレイブ！」

私達はいつの間にか手を取り合っていました。そして弾むように寺の石段を駆け降りました。

湖畔の鰻屋《うなぎや》で私達は昼食を摂《と》りました。アダムは不器用ながらも箸を使ってうな重を口に入れ、オイシイオイシイと顔を輝かせ全部食べました。

午後は内浦湾の南から北にかかっているロープウェイに乗りました。湖をダイレクトに渡るロープウェイは日本でここだけだということを案内のアナウンスでその時私は知り、地元のことでも知らないことは沢山あるなと思いました。日射しにちらちらと光る湖面を真下に見降ろし、ゴンドラは大草山というその名の通り緑が生い茂る可愛らしい小山へと上がってゆきました。終点にはオルゴールミュージアムがあります。

私は館内の土産物屋にしか寄ったことがなく、ミュージアムの展示を見たのは初めてでした。二十世紀初頭のアンティークオルゴールが沢山展示してあり、巨大なフェアグランドオルガンやスタインウェイの自動演奏ピアノにアダムは目を輝かせました。館内ガイドの女性が語学堪能で、彼にとても親切に説明してくれたこともあってアダムは大喜びでした。

一通り展示を見たあと屋上に上がると、彼は再び歓声を上げました。その屋上からは三百六十度、遮るものなく浜名湖が見渡せるのです。私もその日の景色の雄大さに息を飲みました。浜名湖は陸と湖面がとても入り組んでおり、遥《はる》か遠くの海まで緑と青が複雑に重なっています。青い空はどこまでも高く大きく、薄雲から日が射している様子は荘厳《そうごん》ですらありました。水面がきらめき、緑は瑞々《みずみず》しく滴《したた》るようです。他の観光客も一様にその絶景に見とれていました。

私はもしかしたらこの土地をもっと誇りに思うべきではと思いました。よその人に地元を案内してみて初めて、私は美しく豊かな土地で育ったことに気が付きました。

屋上には大きなカリヨンの鐘が設置してあり、定刻には自動演奏されるようです。そしてある鉄のプレートに気が付きました。そこには恋人の聖地と書いてありました。誰がここを恋人の聖地と認定したのかはわかりませんが、美しい大空と水と大地を目にしたとき、人は純粋で神聖な気持ちになるのかもしれないと思いました。

アダムは左手で私の手を握りしめ、なんとお礼を言ったらいいかわからない、素晴らしい一日だ、というふうなことを言いました。

「オレイにエンソウしたいです、ここでヴァイオリンをひいていい？」

「え？　弾いてくれるの？」

彼は背中からケースを下ろすと、うやうやしくバヨリンを取り出しました。思ったよりもずっと小さく、そしておそろしくつやつやしていました。

彼は背筋を伸ばし顎《あご》でバヨリンを挟みました。右手で弓を構え、すうっとそれを引きました。澄んだ音が響き渡り、私は息を飲みました。屋上にいた人達が一斉に振り向きました。その小さな楽器から出たとは思えないほど大きな、世界を震わせるような音でした。まるで小鳥が森中に響き渡る声で鳴いたかのようでした。

簡単に調律をすると彼は左手で弦を押さえ、右手の弓を躍らせ、ゆっくりとメロディを奏で始めました。最初は木漏れ日のようだった音が、徐々に真夏の光のように眩《まぶ》しく光り出しました。

すごい、と私はただただ馬鹿みたいに思いました。すごい！　すごい！　全身の血が逆流するようでした。力強い音が体に入りこんで内側から胸をがんがん叩きました。

連なる重音と長く美しいビブラートが繰り返されます。私の中の何かが音の波に翻弄《ほんろう》され、やがて竜巻のように天に巻き上げられました。彼は魔術師なのかと思いました。

彼が弓を下ろしたその時、カリヨンの鐘が鳴り響きました。

その場にいた人全員が割れんばかりの拍手をしました。アダムは眩しそうに目を細め、深く腰を折っておじぎをしました。

悲しいことなどないのに、むしろ喜びに満ち溢《あふ》れているはずなのに、私は涙が止まりませんでした。

その日の夜、私はアダムを家に招きました。両親にポーランド人を案内するのだと言ったら、人懐《ひとなつ》こくミーハーなところのあるふたりは、是非夜は家に連れてこいと言い出したのでした。

夕方、アダムを連れて家に戻ると、客間に宴会の用意ができていました。畳の上にテーブルを三卓つなげ、大皿に母手作りの惣菜《そうざい》、寿司桶《すしおけ》と瓶ビールがずらりと並んでいました。戸惑っていたアダムの腕を母は強引に摑《つか》んで上座に座らせました。物怖《ものお》じしない両親はがんがん日本語で彼に話しかけ、大学生の弟が隣に座って適当に通訳していました。何故だか親戚や近所の人、父が営んでいる造園会社の従業員達も集まってきて大宴会になりました。

途中でアダムが立ち上がり、「ゴアイサツします」と言ってバヨリンを取り出しました。弓を構えて弾き出します。テレビのCMなどでよく聞くメロディでした。

古い日本家屋に突如やってきた青い目の外国人がものすごく上手にバヨリンを奏《かな》でだしたので、その非日常ぶりに集まった人達はあっけにとられました。演奏が終わってアダムが弓を離すと、皆やんやと喝采《かっさい》の声を上げました。弟はひっくり返って「超うける」と爆笑し、隣の家のおばあちゃんは冥土《めいど》の土産になったと涙まで浮かべていました。

アダムははにかんだ様子で、丁寧に何度もおじぎを繰り返していました。そして今度は「上を向いて歩こう」のメロディを弾きました。酔っぱらった人達は大喜びで合唱をはじめました。その時、この人は案外処世術というものをよく知っているのではないだろうかと私は感じました。

夢のような一日の終わりに、彼をホテルまで送ってゆく車の中で私達はキスをしました。それはとても自然なことでした。

そして私達が肉体関係を持つまで、そう時間はかかりませんでした。アダムは私が勤めるホテルに長期滞在していて、いくらでもふたりきりになれる状況がありました。親には夜勤だと言えば、仕事終わりに彼の部屋に泊まることも私は自由にできました。

ベッドの中、裸で抱き合うと、言葉が通じないことなど問題ではありませんでした。お互いの髪を撫《な》で、背中を撫で、見つめ合い、足と足をからませるだけで嘘のように気持ちは通じ合いました。

私はこれこそが恋だと思いました。

話が生々しくなってきたので、私はそこで大きく咳払《せきばら》いをした。

「おばあちゃん、ごめんね。ちょっと待って」

昔話などかったるいと思っていたけれど、意外に引き込まれて聞いてしまった。でもこの調子で微に入り細に入り語られたらいつ終わるかわからない。私は祖母ではなく父に向って聞いた。

「この調子で延々と続くの？」

父は肩をすくめた。中年太りはしていてもハーフの父は日本人離れした容姿なのでそんな仕草が堂にいっている。

「覚えているところと覚えてないところが斑《まだら》なんだよ。昔のことは細かく覚えてるんだけど、最近のことはどんどん怪しくなってる。人の記憶って不思議なもんだよな」

「このままじゃ日が暮れちゃう。お父さんはこの話知ってるんでしょう。お父さんがかいつまんで説明したらいいのに」

父は鼻に皺《しわ》を寄せた。

「わざわざ遠くから来たのにそれじゃ納得できないんだってさ。ヴァイオリンは母さんが大切にしてきたものだから生きてるうちは譲れないって言ってるのに、自分達で説得したいってしつこくて」

私は通訳に聞こえないよう、父に顔を寄せて囁《ささや》いた。

「もう適当にお金渡して帰ってもらったら？」

「そうなんだよ。五十万くらいならすぐ包むって言ったんだけど、ストラディバリウスなら一千万は下らないだろうって粘られてさ。もう直接頼めよってことになって」

「馬鹿馬鹿しい。忙しいのに」

「たまにはいいさ、こういうのも」

父は鷹揚《おうよう》に笑った。ゆったり微笑《ほほえ》む父には娘の私でさえもはっとする色気があった。地元きっての名士の娘をたぶらかしてのし上がってきた男の精力が、まだ父の中には燃え尽きずにあった。

今聞いた祖母の話のように、かつての母がこの父に焦《こ》がれたように、私も誰かと恋に落ちることがあるのだろうかと、私はやや疲れた気持ちで思った。それは楽しみではなく想定外のトラブルにしか感じられなかった。

父は手を伸ばして、祖母の手の甲を軽く叩いた。そのしぐさには愛情が見てとれた。

「母さん、もう少し話をはしょってくれるかな」

祖母は父の顔をじっと見つめる。皺に埋もれた小さな目は動物のそれのようで何を考えているのかわからない。

「もうちょっと飛ばして大事なところだけ話してな。そうしないとみんな腹減っちゃうから。な？」

祖母はわかったのかどうなのか、かすかに頷いた。

妊娠判定薬を買って確かめたのは八月の末でした。

避妊をきちんとはしていなかったので、予定通りに生理がこなかった時、赤ん坊ができたことは間違いないだろうと思いました。自分が繁殖する動物であるということをリアルに感じました。恋とは生き物になることだと私は閃《ひらめ》くように思いました。

アダムに打ち明けるのが恐かったけれど、私はある決心を胸に抱いていました。何があろうとも産む。彼が尻尾を巻いて国へ帰ろうがなんだろうが、この子は産む。それは自然と湧いてきていた、決意というより確信に近いものでした。

出会ってひと月半、ふたりの関係はまだ燃え盛っていました。ベッドの中で私はアダムに子供ができたことを伝えました。狼狽《ろうばい》されるのを覚悟していたのですが、彼はそれほど驚いた様子を見せませんでした。何か異国の言葉で短い感想をもらしただけでした。

「私は産むつもり。あなたがいやでも産む」

アダムはややあって大きくため息をつきました。何かを振り切るように頭を振ってから

「ウィルユー、マリーミー?」と小声で言いました。

「え？　結婚してくれるの？」

彼は頷きました。私は感極まってアダムに抱きつきました。ひとりで産む気ではいましたが、できれば彼につがいの片方になってほしかったのだなと自分の本心に気が付きました。

それからはさすがにひと波乱ありました。

早速、私は彼を連れて家に行き両親に懐妊と結婚の報告をしましたが、家の中の空気は固まりました。その時私達は、結婚して具体的にどうするのかまったく話しあっていませんで

した。そんな状態でただ子供ができたとはしゃいで親に報告に行ったなんて、なんと愚かだったことかと思います。

父は激昂するタイプではありませんが、何をのぼせあがっているのだとさすがに声を荒げました。母はうろたえ、そんな言葉も素性もわからない人と結婚なんてと目を赤くしました。私はそれでも、絶対産むし絶対別れないと訴え、アダムはわかっているのかいないのか神妙にうつむいていました。

そこに割って入ったのは大学生の弟で、私は今でもこの弟には一生分の感謝をしても足りないくらいだと思っています。弟は本当にできた人間でした。あんなにいい子が何故私より先に死んでしまったのか、あの子のことを思い出すと今でも胸がきゅうとなります。弟がいてくれたから、私はなんとか様々な困難を乗り越えてこられたと思っています。

え、弟の話はいいって？　ええと、どこまで話しましたっけ。

弟は言いました。とにかく赤ん坊ができちゃったものは仕方ないだろう、無理矢理押さえつけて中絶させるわけにもいかないんだし、せめてあと一カ月くらいみんな頭を冷やしてよく考えなよ。それからアダムはさ、結婚してどうするつもりなの？　ねえちゃんをポーランドに連れて帰るの？　それともずっと日本で暮らすの？　そこのとこちゃんと考えを聞かせてよと、英語と日本語を織り交ぜて彼に言いました。アダムは無言のまま頭を下げ帰ってゆきました。

それから一週間後、楽団の人達が通訳を連れて挨拶に来ました。一番年配の人が両親に深く頭を下げて謝りました。私とアダムが恋をしてその結果赤ん坊ができたのに、どうして他の人達が謝ったり謝られたりするのかよくわかりませんでした。

そこで初めてアダムの心情が表明されました。彼は両親や親戚や造園会社の従業員までもが見守る中、何度も練習したのであろうぎごちない日本語でこう言いました。

「ぼくはニホンでくらしたいです。トーコさんをアイしています。アカちゃんのパパになりたいです。クニをすてます。ゼンブすてます。ニホンでトーコといきる。ニホンジンにキカしてもいい。オトーサン、オカーサンどーぞユルシテ、どーぞよろしくおねがいモーシアゲマス」

慣れない動作で畳に手をつき、アダムはもう一度「おねがいモーシアゲマス」と言いました。

眉間《みけん》に皺を寄せて腕組みをしていた父親が、下を向いて目をぎゅっとつむりました。みんな固唾《かたず》を飲んで父の返答を待ちました。父は小さく「絶対幸せにしろよ」と答えました。私はアダムに抱きつき、声を上げて泣きました。

夏が終わる頃、ビザの関係や身辺整理のために、アダムは一度ポーランドに帰国しました。浜松駅から出る国際空港セントレアへのリムジンバス乗り場まで車で送って行った時、思いがけないことがありました。私がよほど不安そうな顔をしていたからかもしれません。アダムはバヨリンを手元に持って飛行機に乗るため二座席分のチケットを予約していたのに、直前になって一座席をキャンセルし、預かっていてと言ってバヨリンを私に託したのでした。どんな時でも傍《かたわ》らに携《たずさ》えて、何よりも大切にしていたものなのに。

だから、彼がちゃんと私の元に戻ってくると確信が持てましたし、なんとかこの異邦人と末長くうまくやっていけるのではないかと感じたのでした。

彼は予定通り半月ほどで日本へ戻ってきました。手荷物はスーツケースがひとつで、あとから船便で送られてきた荷物も驚くほど少なくて、本当に彼は祖国で、物から人間関係まで何もかも全部捨ててきたのかもしれないと思いました。それは喜びと同時に、少しの畏《おそ》れを私に与えました。

そして翌年の光輝く新緑の季節に、赤ん坊は生まれました。それはそれは可愛らしい、父親譲りの巻き毛で、天使かと見紛《みまが》うばかりの男の子でした。

アダムはすごい早さで日本語を飲みこんでいきました。音楽家だから耳がいいのでしょう。読み書きはできなくても、私や家族との意思の疎通《そつう》は日一日とスムーズになっていきました。

私達は両親の提案で実家に身を寄せていました。古い家ですが、昔は植木職人の若い人が寝泊まりしていたこともあるくらいで広さだけはあって、一番隅の和室の横に簡単な洋室とユニットバスだけぱっと増築し、私達はそこで暮らしていました。いずれは独立したいと思っていましたが赤ん坊が産まれたばかりで仕方がありませんでした。アダムは父が知り合いに頼んでくれてヤマハ教室の臨時講師を始めました。頼まれれば結婚式やイベントにも演奏に行って、もらったお金のほとんどすべてを家計に入れてくれました。

アダムはとても子煩悩《こぼんのう》で、良い夫でした。大雑把な私と違って赤ん坊を風呂に入れるのも上手だったし、きれい好きで頼まなくても片付けや掃除をしてくれました。日本の食べ物も好き嫌いなく食べ、不平不満のようなことを言ったことはありませんでした。

彼の父親とは一度だけスカイプで話しました。いかつい顔の頭の禿《は》げあがった老人でした。身なりはきれいですが口をへの字に曲げたままの異国の老人に親しみの持ちようはありませんでした。母親はとうに亡くなっているそうです。私は生まれたばかりの息子を抱き上げて、その人に見せました。いつか連れて行きますと言うと、アダムがそれを訳してくれました。どう思われたかわからないままネット越しの対面は終わりました。

私は幸せでした。でも、家族がわいわい言いながらご飯を食べる中、アダムが諦めたような微笑を浮かべて箸を使っているのを見た時や、畳の上に座ってバヨリンを布で丁寧に磨く背中を見たとき、私はひどく残酷なことをしているのではないかと思いました。幸せであればあるほど取り返しのつかないことをしているのではと思ってしまいました。

その度に私はネットでレシピを調べたポーランド風のトマトスープを作りました。彼はオイシイオイシイと喜んでくれましたが、それが本心かどうか私には最後までわかりませんんでした。

その天使のような赤ん坊だった父は、時がたってふてぶてしい中年になった。

容姿と金に恵まれていた父は、家庭の外に幾人も女を作り母を泣かせ続けた。私はそんな父を嫌悪しながらも、何故か憎み切ることができなかった。私は大人になると、いい歳をして実家離れをしないお嬢さんの母よりも、同じ西洋人の血をひいた父の味方になった。

二年前に父の会社に正式に入社した。時がきたら私が父の持ち物を全て継ぐことを決心したからだ。今はもう戸籍制度が実質上何も効力を発しなくなったが、それでも莫大《ばくだい》な財産をひとりで背負うのは無理があって、無害そうな婿《むこ》を取れと暗に言われているし、自分でもそうすべきだと思っている。

結婚して子供を生む。それが味方を増やす基本であることは、時代が変わっても変容しない価値観だった。

安全な街で穏やかな家庭生活を。それは祖母の時代と変わらず多くの人が渇望するものだった。けれど財産がなければ安全な街に住めず、パートナーとの間に子供を作るのも難しい。

世界的なパンデミックのあと、経済はなかなか持ち直さなかった。少子化は益々進み、自衛隊が組織を維持できなくなり、外国から傭兵《ようへい》を募ったことが治安悪化のきっかけだった。

いくら規制しても闇市場に武器が出回った。

都心は巨大タワーマンションとスラムに二極化し、庶民は地方へ流れた。地方も中心部は安全とは言えず、子供を持った中産階級はゲーテッドタウンや湖や湾に作られた人工島に住むようになった。

蓄電池の開発が進んで電気を貯めておけるようになり、今は電気も外国から買う時代になった。もう祖母の時代とは何もかも違うと思いたいのに、誰かとつがいになって実子を生むことだけは二〇六五年の今でも変わらず求められる。

でも私は誰に心を許したらいいのか三十代になってもまだわからない。恋というものの手触りを感じたことがないし、できれば触らないでおきたいと思っている。

祖母の話を聞きながら、私はそんなことをひんやり考えた。

祖母の話は続いた。


そしてその日はきました。三月十一日の大震災です。

私はその時、家から歩いて五分ほどの所にある父の会社の事務所に来ていました。事務所と言っても、倉庫の一角に机と事務機器が置いてあるだけの場所です。

そこで私は弟からパソコンの操作を教わっていました。その頃ようやく、私はこれからの身の振り方について真剣に考えるようになっていました。外国人のアダムに日本の父親的役割を求めすぎるのはあまりにも酷だったので、息子のためにも私がしっかりしなくてはと思いました。そうなるとやり甲斐がどうだとか夢のようなことは言っておられず、いつも人手不足の家業を手伝おうと思ったのです。とりあえず帳簿付けなど事務的なことを少しずつ覚えていこうとしていました。アダムはその日休みで、家で赤ん坊の世話をしていました。

午後、突然足元が倉庫ごと持ち上げられるような衝撃があって、私はマウスを握っていた手を離しました。顔を上げると、倉庫の天井から下げられた電気の笠が左右に揺れるのが見えました。机もかたかたと音を立てはじめました。

地震だな、とその時はそれほど動揺もせず思いました。地震はそれほど珍しいことではありません。不安は不安ですが、そのうち収まってしまうのが常でした。

しかし揺れは一瞬収まったかのように感じたのにまた激しくなりました。なかなか収まらず、これはもしかしたら神戸の時のように大ごとかもしれないと思いはじめた時、弟が「外へ出よう」と私の腕を引っ張りました。

弟と小走りで出口へ向かって、あ、お財布を忘れたと思って振り返ると、スチール棚に積んであった段ボール箱がひとつずり落ち、中に入っていた陶器の鉢が派手に割れるのが見えてぞっとしました。

震度はそれほどでもないようでしたが、私は息子が心配で走って家に戻りました。火がついたように赤ん坊が泣くのが聞こえ部屋へ飛び込むと、アダムが息子を抱き締め腰を抜かしていました。

地震の被害のことは私がお話しするまでもありませんが、東北は大変なことになりました。直接被災をしなかった人達も、日本中がナーバスになりました。

あの日、アダムと私と弟は、テレビに映し出されるありさまを見つめ続けました。夕方からは両親も加わって災害の報道に息をつめて見入りました。私が泣いても何もならないのに、体が震えて涙が止まりませんでした。

アダムは黙りこみました。私達の部屋にもテレビがあって、ニュースを二カ国語にして深夜までただ無言で見つめていました。私は何の根拠もなく「大丈夫だから大丈夫だから」と繰り返して彼の背中を撫でました。

三日か四日後くらいでしょうか、従業員の中にひとり宮城県出身の方がいて、どうしても一度帰りたいと言い出し、では何人かで交代して運転していこう、どうせならうちで一番大きいトラックで、支援物資も載せていこうという相談をしていた時です。

点《つ》けっぱなしになっていたテレビの画面に、無残に崩落した原発建屋の映像が映し出されました。その時、集まった人達の誰かが「浜岡は大丈夫なんだろうか」とぽつりと言いました。誰もが思って、あえて口に出さなかったことでした。表面張力でなんとか保っていた不安がとうとうあふれ出したと思いました。あんな津波がきたら真っ平らな浜松はどうなるんだろう、と違う誰かが言いました。父親は「じゃあ家を捨てて一生どっかに逃げとけ！」と鋭く一喝しました。

その時同じ部屋の中にいたアダムが、赤ん坊を抱いたまま、静かに部屋から出ていくのを目の端で見ました。

あの時彼が父達の会話を理解していたかどうかはわかりません。でもあれが彼の心に致命的なひびを入れたのだと私は思います。

原発事故の報道は時間を追うごとにシリアスなものになっていきました。私は小さな息子を抱きしめ、この子を守らなければと思いつめました。うちのあたりでは食料品の買い占めもほとんどなく、ガソリンだって並ばなくても入れられました。でもベクレルだのシーベルトだの聞きなれない単語がニュース番組で連発され、大人の自分はよくても、息子の口に入れる食べ物は産地を神経質なくらい確かめたりしました。

アダムの家出はそれから十日後でした。

今思うと彼は結構自分のお金を持っていて、私の気がつかないところで誰かに連絡を取ったり、外国人同士のコミュニティーに接触していたのかもしれません。そうでなければ、日本に滞在していた大勢の外国人が一斉に日本脱出を図ったあの時期、そんなに簡単に国際線のチケットが取れたとは思えないからです。

早朝、息子とアダムが家から消えたことに気が付いた時、彼らが家を出てからそれほど時間がたっていなかったと思います。あの時も私は自分が生き物であることを実感しました。子ライオンをさらわれた母ライオンのように私は子供の気配が消えたことに気づき飛び起きたのです。アダムとバヨリン、子供と私の軽自動車が家から消えていました。

怒りで体中の血が逆流し、頭が冴《さ》え渡るのを感じました。私は彼がここ数日アイフォンで航空会社のサイトを見ていたことに気づいていました。彼だけ出て行くことは予感としてあったのですが、子供を連れて行くとは何故か思っていませんでした。

「ふざけんな!」と私は叫び、父親の軽トラックを飛ばして浜松駅に向かいました。奥歯をぎりぎり嚙《か》みしめアクセルを踏み込みました。

遠州鉄道の新浜松駅を越えると、リムジンバスの停留所が見えました。そして今まさにゆっくり動きだしたバスが目に飛び込んできました。セントレア行きのそのバスに彼は乗っているに違いないと思い、ゆく手を阻《はば》みたい一心で、私は車ごとセンターラインを越えバスの鼻先に軽トラでつっこみました。すごい音と弾むような衝撃があって頭をフロントグラスにしたたか打ちつけました。痛い、というより熱い、と思って額を片手で押さえ、それでももう片方の手でシートベルトを外して道路に出ました。

クラクションが四方八方から鳴っていました。慌てたバスの運転手が怒鳴りながら降りてきて、その後ろにアダムが赤ん坊とバヨリンを抱え、こそこそと逃げようとするのが目に入りました。

私はアダムに向かって突進しました。そしてシャツの襟元をつかまえて力いっぱい頭突きを食らわせました。その時私の額は割れていて血だらけでした。なので頭突きをされたアダムの顔も私の血で染まりました。

倒れたアダムから子供を奪い取り、私は「この子は私のものだ！」と獣のように吠《ほ》えました。その場に駆け付けた警察官に私は取り押さえられました。

道に倒れていたアダムがよろよろと立ち上がりました。そして思いがけず優しく私に手を差し出し「ポーランドへいこう」と言いました。血だらけの顔のアダムには静かな迫力があって、警官も激怒していたバス運転手も野次馬も動きを止めてアダムを見ました。そして「このクニはキケンだ」と彼は言いました。

「富士山が噴火しても私は逃げない！」

そう怒鳴った私にアダムはこちらに伸ばした手をだらんと下に落としました。そして背負っていたバヨリンを下ろして、ゆっくりこちらに差し出しました。

そしてアダムは去ってゆきました。もう二度と戻ってきませんでした。それから一度もお会いしていないし消息ひとつ聞いたことはありません。

そこで電池が切れてしまったかのように祖母は黙った。

私は祖母の激しい話にあっけにとられていた。平成の大震災の話も、知識としてはあっても直《じか》に聞いたのは初めてだった。彼女の額にうっすら残る傷を見ないではいられなかった。彼女のめちゃくちゃな恋があったから自分が今存在する。その事実を突き付けられた気がした。

「ではそのヴァイオリンは、アダムがあなたに譲ったのですね」

沈黙を破って、通訳の青年がそう尋ねた。祖母は頷いた。

「そうです。これはこの子のために売ってくれと彼は言いました。私は生活が苦しくなる度に売ってしまおうと思ってきましたが、どうしてもそうすることができなくて押入れに入れたままにしていました。そのうち息子も立派に成人したので、機会があったらお返ししたいと思っていたのです」

ポーランド人青年の顔が、意外なことを言われたとばかりに輝いた。私と父は顔を見合わせた。

祖母は飾ってあるヴァイオリンに手を伸ばした。私は立ち上がってそれを祖母に手渡した。彼女はそれをただ両手で持って、しばらく見つめていた。

そのヴァイオリンがどのくらい価値があるものなのか、もちろんとっくに専門家に調べてもらってある。表面に穿《うが》たれたfの形はストラディバリウスによく似ているが、それほど高価なものではないそうだ。底板の表示が古くてもうよく見えないが、ドイツの個人工房で作られたものではないかと言われた。

そこでポーランド人青年が祖母に向かって話し出した。それを通訳が日本語に訳した。

「祖父はポーランドに戻って、演奏活動を辞め普通のビジネスマンになったようです。三十代に結婚をして子供を三人もうけて、私はその末娘の息子です。彼は去年亡くなりました。生前私のことを可愛がってくれ、時折日本で生活した短い期間のことを話してくれました。日本には自分の息子と、大切なヴァイオリンを置いてきた。情熱的な日本人女性とひと時暮らして、それは今となっては本当だったのか幻だったのかわからなくなった。とにかく眩しく明るい土地だったと言っていました。私は祖父と一緒によく日本の映画やアニメーションをテレビで見ました」

青年は一枚の写真をジャケットの内ポケットから出した。

西洋人の老夫婦と彼らを囲む家族の写真だった。髭《ひげ》をたくわえた老人は目を細めていて、それは微笑《ほほえ》んでいるのか不機嫌なのかわからない表情だった。

祖母は写真を受け取って、顔を近づけてじっと見た。そして小さな声で言った。

「もし地震がなかったら」

写真を持つ手が震えていた。

「もしあの地震がなかったら。そして私にもう少し思いやりがあったら何か違っただろうかと何度も何度も考えました。私は身勝手に彼を巻き込んで、そして突き放しただけだった。私は若くて何も知らなかった。彼の宗教が何だったか、どんな生い立ちだったのか何も知ろうともしなかった。たとえばワルシャワがチェルノブイリからそれほど遠くなかった、そういうことも何年もしてから知ったのです。一緒にポーランドに行ければよかった。どうせ愚かなら、どこまでも一緒だと思うような愚かさだったらよかったのに」

一気にそう言うと祖母は顔を上げた。

「写真を見せてもらっても、昔のことすぎて顔も覚えていません。でも、こんなふうだったのならよかった」

祖母は見たことがないほど大きく晴れやかな笑顔になった。そしてヴァイオリンを青年に差し出した。彼は慌てて立ち上がってそれを受け取った。サイドボードの上に置いたままの弓を取ってきて小さく深呼吸をした。

背筋を伸ばして肩先にヴァイオリンを構えた。右手の弓をそっと弦に乗せる。なめらかに弓が降りていった。

病室に音が響き渡り、空気が震えた。たった一音伸びていっただけなのに、私は背筋に電流が走るのを感じた。

青年の姿が急に輪郭を持った。足元に大地が、頭の上に抜けるような青空が広がるようだった。口の中がからからからになって彼しか見えなくなった。

恋とは生き物になること。
祖母の言葉が稲妻のように私の体を貫いた。

20×20

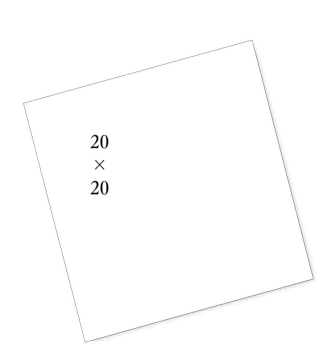

私は主婦であるがものを書く仕事をしていた。ものを書く仕事をしていたが、自分が何者であるかと問われれば、主婦以外の何者でもないと思っていた。

家庭という場所がどこよりも心の安らぐ場所だというわけでもない。息子の母であることが第一義というわけでもない。

主婦という都合のいい肩書が好きなだけだ。男が結婚して家事に専念したら社会的には無職だが、女だから結婚しただけで「主婦」である。仕事などいつやめてもいいと思っていないと私は自分を保っていられなかった。

しかし私は、主婦のくせに最近ほとんど自宅へ戻っていなかった。数年前、高原の町に買ったリゾートマンションで来る日も来る日も原稿を書いていた。

新緑の頃にここへ来て、窓の外の燃えるような緑が夏の日差しに焼かれて色褪《いろあ》せ、赤や黄色に変化しても私は同じ部屋の同じ椅子に座っていた。

数年前、東京の自宅があまりにも狭く物で溢《あふ》れているため仕事部屋としてアパートを借りたいと夫に相談した。彼は眉間《みけん》に皺《しわ》を寄せて沈黙した。そして急に顔を上げ「ていうか！」と明るく言った。

ていうか！　家賃を払い続けるのはもったいないから買ったほうがよくないか。要らなくなったら売ればいいんだし。どうせ買うなら海とか高原とか環境がいいところに買えば家族で遊びに行けるじゃない。待って待って！　俺いま調べるから！

私が面喰《めんく》らっているうちに、夫はパソコンを立ち上げ猛烈な勢いで検索を始めた。そしてその日の夜には何軒かのリゾートマンションの内見予約を済ませ、その翌々週にはこのマンションの手付金を振り込んでいた。

最初の一年は毎週末ふたりでここへやって来て、観光だのテニスだのスキーだのを楽しんだ。大学生の息子は地方で一人暮らしをしているので、夏休みと正月に一泊ずつ来ただけだ。そして一年半が過ぎた頃、夫は急速に気が済んだようだった。着火するのが早いので燃え尽きるのも早い。遊びすぎて私の仕事は遅れに遅れていた。夫は妻が締め切りを抱えて苛々《いらいら》しているのを察知し、あっちに自主缶詰にでもなってきたらと言いだした。

それは有難い提案だった。最初は締め切り前の一週間、やがて締め切り前の二週間、そして月のうち三週間以上リゾートマンションに籠城するようになった。ほとんどの家事を放棄している妻に対して夫が本当のところどう思っているか恐くて聞いていなかった。

高原での私の毎日は単調だ。朝起きて簡単に食事を済ますと、ダイニングテーブルの上を片付けてノートパソコンを広げる。そして日が暮れるまで、ただずっとそこに座って仕事をする。

ワードを立ち上げ、ぽちぽちと文字を打ち、ある程度貯まったらコピーし二十字×二十行のフォーマットに貼り付けて眺めた。原稿用紙一枚は二十字×二十行の四百字。それがこの仕事の単位だった。テキストデータをメール入稿するのが主流となっている今でも、出版社からの注文は四百字詰め何枚でという体裁でやってくる。

デビューしてからも稼ぎが少ない時はパートで働いていた。その時は一時間の労働を八百円で売っていた。八百円より高い仕事も安い仕事もあったけれど、だいたい平均すると八百円。そして今は二十字×二十行を約五千円で売っている。五千円より高い仕事も安い仕事もあるけれど、平均すると概ね五千円。

一時間八百円で働いている時は、その一時間でどんなに頑張って多く仕事をこなそうが、パート仲間とお喋《しゃべ》りだけで過ごそうが給金は固定だった。今は原稿用紙一枚が固定給で、それを五分で書いてもまる一日かかって書いても同じである。早くたくさん書けばそれだけ儲《もう》かる。一時間を八百円で売るのと、原稿用紙一枚を五千円で売るのとどちらが割りがいいか。誰でもそれは後者だと思うだろう。私もそう思ってきた。

仕事量は同年代の作家に比べて少ないほうだ。定期的な仕事は長編連載が一本とエッセイが二本。長編は毎月二十枚、エッセイは合わせて十六枚である。長編はもう三年もだらだら書いていて収拾がつかなくなっており、エッセイは長年中高年向けの女性誌でやっている身辺雑記的なものだが、何も起こらない日常の中からネタを探すのが苦痛になってきていた。筆の早い作家ならば楽勝と呼べるこの枚数が、毎月雑巾を絞って絞って最後の一滴を絞り出すようにしなければクリアできなくなっていた。

日が暮れると、毎日マンション内にある大浴場へ行く。これが一日のメインイベントである。広い内湯にはトレーラーで本物の温泉の湯を運び入れているそうだ。洗い場が五つにシャワーブースが三つ、露天風呂、ミストサウナまでついている。脱衣所も休憩スペースもホテル並みの設備で、マッサージ椅子も数台設置されている。

普通だったら旅先の旅館やホテルで入るような風呂に、私は毎日優雅に浸《つ》かっている。優雅なのだと自分に言い聞かせるように、たっぷりと時間を使った。

ゴールデンウィークや夏休みは洗い場を確保するのに苦労するほど混雑する風呂も、シーズンオフになるとまったく人影がなくなる。広いトイレが落ち着かないのと同じで広すぎる風呂も落ち着かない。

その夜も誰もいない風呂で体を洗っていると背後の戸が開いて太めの女性がのしのし入っ

てきた。あ、ボスだ、と身構えた。

「あらー、無花果《いちじく》さん、こんばんは」

高い天井に彼女の野太い声が反響した。

「あ、どうも、こんばんは」

なるべく声を張って愛想良く返事をする。無花果というのは私の筆名である。無花果たわわ。息子が初めて母親のペンネームを知った時、「バッカじゃないの」とバとカの間に二秒ほど間を置いて言った。

彼女はこのマンションに定住している一人暮らしの女性だ。ボスというのは、私が勝手に心の中で呼んでいる彼女のあだ名だ。私には他人を記号で覚える癖がある。

最初にボスと口をきいたのは、私が風呂上がりにマッサージ椅子を使っている時だった。椅子をリクライニングして気持ちよく電動のこぶしにもまれていると「ちょっとあんた！」と怒鳴られて飛び上がった。

「頭の下にタオルを敷きなさいよ！　髪がついたら汚いでしょう！　みんなで使うものなんだから！」

私は震え上がり、涙目になって謝った。自分の作り上げる物語世界の中では辛辣《しんらつ》でも、現実の私はチワワのように臆病だった。

歳は六十代中頃だろうか、まだ老人と呼ぶには早い。大柄でころころした体型だが、いつもイッセイミヤケのプリーツプリーズを着てきれいなサンダルを履いていた。そしてその恰《かっ》好《こう》のまま駐車場を掃いたり雪かきをしたりする。住民には共用部分を清掃する義務はないので、やりたくてやっているのだろう。このマンション全体を自分の家のように思っているのかもしれない。

初対面で叱《しか》られてから三カ月後くらいだったか、ある日、風呂上がりに体を拭いている時にボスが入ってきて「あら！」と大きな声を出した。また何か怒られるかと思ったら「あなたこの前テレビ出てたでしょう！　作家さんだったのね！」と満面の笑みで言った。新刊の宣伝活動で、この番組は売り上げに効果絶大であるので出なさいと出版社に言われ出演した番組だ。収録の時、両足の震えが止まらなかったのでオンエアは見ていない。それから急にボスは優しくなった。よかったといえばよかったのだが何かしらもやもやする。

優しくなってもやはりボスのことは恐いので、早めに風呂から上がりガラス戸を引くと、今度はゲランさんにばったり会ってしまった。

「まあ、無花果さん、こんばんは」

胸のあたりからタオルを垂らしてゲランさんがにっこりする。

「どうもー、こんばんは」

「肌寒くなってきたわねー」

「朝晩は冷えますねー」

「今ね、交差点のところにできたスペイン料理屋さんに行ってきたの。先週開店したんですってね、無花果さんは行かれた？」

「いえ、まだ」

「とってもおいしかったわよ、ワインも結構いいのが揃《そろ》ってて。イベリコ豚の生ハムとか小エビのアヒージョとか」

　邪心のなさそうな笑顔でゲランさんは今さっき食べてきたものの話を続ける。私は素っ裸のまま相槌《あいづち》を打った。

　ゲランさんはこのマンションに定住しているわけではないが、オフシーズンでも長期で滞在することが多いようで、ボスとも親しくしている人だ。いいところの奥様風だが独身らしい。とても痩《や》せていて背が低く、ゴージャスな巻き髪を風呂に入る時はビニールキャップで覆っている。いつもゲランのスキンケアシリーズを瓶ごと籠に入れて風呂に持ってくるのでゲランさんと呼んでいる。

「今度一緒にランチでも行きましょうよ」

「はいーぜひー」

「いつがいいかしら？　明日は？」

「ええとちょっと今仕事が詰まっていて、すみません」

「そうなの、お仕事大変ね。また誘うわ」

「はい、また」

ボスと違ってゲランさんは感じがいい。だが私はゲランさんのほうが苦手だった。脱衣所で体を拭いていると、風呂場からボスとゲランさんの楽しげな声が聞こえた。以前、ふたりで何を話しているのか気になって耳を澄ませたことがあるが、他の住民や管理人の悪口だったので聞いたことを後悔した。

私は急いで服を着て部屋へ戻った。奇妙な裸のつきあいだ。お互い素性もよく知らないのに陰毛の生え方まで知っている。


日一日と秋は深まってきて、朝から晩まで恐いくらいに落ち葉が降っていた。枯葉の吹雪だ。

朝からパソコンに向かっているが、昼を過ぎても一行も出来ていなかった。書いては消して書いては消して、先週書いたものの順番を入れ替え、表現を変え、悩んだ末に全部消した。

純文学の小さい賞を取ってから二十五年。とっくに純文系雑誌からの依頼はこなくなっていたが、中間小説の雑誌から少しずつ仕事がきて、低空飛行ながらもこの仕事を続けてきた。けれどもう駄目なのかもしれないと私は最近強く思っていた。

そこでパソコンの脇に置いた携帯電話がふいに鳴りだしぎょっとする。画面には「ゲランさん」と表示されており、呼び出し音が途絶えるまでじっと見つめた。どうして聞かれるまま携帯の番号を教えてしまったのだろうと電話がかかってくる度に後悔する。もちろん最初の頃は電話に出ていた。食事に誘われて曖昧《あいまい》に断って、次は渡したいものがあるから部屋へ行っていいかと聞かれて、言い訳が思いつかずに部屋番号を告げると、自分で煮たのだという大量の甘納豆をタッパーに入れて持ってきた。とっさに「ちょっと血糖値が」と方便を言って断った。

そのことを思い出すととても落ち込む。ゲランさんが悪いのではない。自分のことを主婦だと捉《とら》えるわりには、人付き合いが苦手な自分が忌々《いまいま》しかった。

冷蔵庫の中が寂しいし、気分転換を兼ねて買い物に出ることにした。

マンションの前庭でパートさんたちが落ち葉掃きをしていた。皆揃いの腕カバーと長靴という恰好で時折小さく談笑している。楽しそうだ。時給はいくらですかと話しかけたかったがもちろん話しかけない。

スーパーまでは三十分の道のりを歩いていくしかない。森の中の遊歩道を下っていくと多少近道なので、私はデイパックにつけた熊鈴をちりちり鳴らしながら枯葉の舞う小道を歩いた。熊鈴は息子が買ってくれた。

この遊歩道で今まで色々な動物を見かけた。リス、もぐら、キツネ、ニホンカモシカ、様々な野鳥。先週は瓜坊《うりぼう》が一匹遊歩道を横切っていくのを見た。子供がいるということは母親も近くにいるのだろう。去年だったか管理人さんが、せっかく庭に植えたユリの球根を猪に掘られて困っていると言っていた。

心細くなってきて早足になる。恐いのならば森に入らなければいいのに、しばらく山道を歩かないと、足の裏にごつごつした木の根や土を踏む感触を味わいたくなる。

たったかたったか、リズムを刻みつつ歩く。乾いてかすかに甘い秋の森のにおいを感じる。もう駄目かもしれない、駄目かもしれないと、リズミカルに思う。ネガティブな言葉でもリズムをつけて呟《つぶや》くと楽しい。心細くて楽しい。

主婦だから、長年冷蔵庫の中にあるものでおかずをでっちあげてきた。息子や夫に食べるものを出してきた。だが自分の冷蔵庫はもうからっぽだ。あるにはあるが調理して人に出していい気がしない、冷凍焼けで白く変色した肉しか入っていない。

マンションに戻ると、中庭のほうで人が集まっている気配がした。覗《のぞ》いてみると、ボスとゲランさんと管理人夫妻、あと作業着を着た男性が植え込みの手前に集まって何か話していた。

「あ、無花果さん、ちょうどよかった。呼びにいこうと思ってたのよ」

振り返ったゲランさんが手を振った。近づいて行くと、集まった人たちの中心に一メートル四方ほどの鉄製の檻《おり》が設置してあった。

「これで猪を捕まえるんだって」

ボスがそう言い、ついでのように「こちら役場の方」と紹介してくれた。その男性は作業着に長靴姿だったが、上着の中はシャツにネクタイだった。

「駆除ってことですか？」

私の言葉にボスが「だって恐いじゃないの、無花果さん」とかぶせるように言う。

「猪が入ると仕掛けが外れて戸が閉まります。そうすると出ようとして大騒ぎしますけど、危ないですから絶対に様子を見に来ないでくださいね。猟友会の方が早朝に来ますから」

役場の男性が檻を指しつつそう説明した。

「これは猪用のものなので、上部がこうやって開くんです」

彼は檻の天井部分を開けてみせた。ガシャンと金属のぶつかりあう音がする。意外に大きい音でひやりとした。

「滅多にないですが熊が入っちゃうこともあるんです。熊はこのくらいの檻は開けて出てきますから」

私とボスとゲランさんはそれぞれ顔を見合わせた。管理人夫妻は慣れているのか無表情だ。

「こんな仕掛けですぐ捕まるんですか？」

ボスが懐疑的に聞いた。

「それはいろいろですね」

「これは何です？」

檻の中に撒《ま》いてある、濡れたおが屑《くず》のようなものを私は指した。

「それはおからです」

「えー、おからなんかで捕れるんですか」

ボスが大きな声で笑ったので、その場にいた全員が仕方ない感じで薄く笑った。

役場の人が帰って、ボスが管理人さんと話しながら歩いて行ってしまうと、ゲランさんが寄ってきて「恐いわね」と言った。何を「恐い」と言ったのかわからないまま、私は頷《うなず》いた。

並んでホールまで歩いたが、ゲランさんにまた誘われるのがいやで「じゃあ失礼します」と私は殊更大きく言った。階段を上って踊場で振り向くと、ゲランさんはまだそこにいて、何故か晴れやかな笑顔を浮かべ、丁寧すぎるくらい私に向かって頭を下げた。


部屋に戻って窓から中庭を見下ろした。中庭の中央に東屋《あずまや》があって、檻はちょうどその陰になって見えなかった。

おからなんかで猪が捕れるのか、と私もボスと同じことを思っていた。それにしても、田畑があるわけでもないのにここでわざわざ捕らなければならないものなのだろうか。恐くないわけではないが、リゾートマンションの庭の球根くらい掘らせてやったらどうなのか。どうか母猪も瓜坊もおからの罠《わな》になど引っかかりませんようにと私は思った。

しかし二時間もたたないうちに、猪はあっけなく罠にかかった。

食事を済ませ、さっと風呂へ行き、もう一頑張り仕事をしようとパソコンを開いたとたん、中庭の奥の暗がりから檻をがちゃがちゃ揺らす大きな金属音が聞こえてきた。

簡単だな！　と私はがっかりするような気持ちで思った。どう見たってそこへ入ったらダメだろうに。やはり人間には敵《かな》わないということなのか。

がちゃがちゃと檻を揺らす音はひと時もやむ様子がない。一時間たっても二時間たっても罠にかかった獲物は暴れ続けている。いつになったら観念するのか。テレビを点《つ》けたり、ヘッドホンをして音楽をかけてみたりもしたが、その音と気配は隙間を縫って耳に届いた。今は生きて抵抗しているが、もうすぐ殺される生き物の音だ。これが朝まで続くのかと思うと頭が変になりそうだ。そういえば捕まえた猪は解体され、駆除を依頼した人に肉を配るという噂を聞いたことがある。もし誰かが猪肉のおすそ分けを持ってきたらどうしよう。

携帯電話を取って時刻を確認した。今急いで出れば最終の新幹線に乗ることができそうだ。私は猪よりも先に観念し、そのまま携帯でタクシーを呼んだ。パソコンと身の回りの物をバッグに詰め、逃げるように部屋を出て鍵をかけた。

すぐまた来ようと思っていたのに、自宅に戻ると締め切りと家事に追われ、再びマンションを訪れたのは新年の二日になってからだった。

息子は帰省してこなかったので夫とふたりでマンションに来た。十一月に慌ただしく出てきてしまったので部屋は散らかったままだったが、夫は特に怒りもせずに一緒に掃除をしてくれた。

年末に大雪が降ったそうで、中庭には雪がこんもりと積もっていた。もちろんもう猪の檻はなかった。

部屋の掃除を終え、夫と食事に出ようとすると、受付に管理人の奥さんがいたので新年の挨拶をした。

「そういえば須田《すだ》さんが、十二月にお亡くなりになったの、ご存じでしたか」

管理人さんがそういうので、私はきょとんとした。「須田さんってどなたでしたっけ」と横から夫が率直に聞いた。

「一〇三号室の方です。あの巻き髪の、背の小さい」

「えっ」

思わず声を出すと「ずっと闘病されていたそうですね」と管理人さんは言った。

とても驚いたが、かと言って現実感のわきようもなく、歩き出した夫の後ろを追いかけた。

彼が車を出してきて、私は助手席に乗りこんだ。

「須田さんって知ってる人?」

聞かれて「ゲランさんだよ」と答える。あー化粧品が全部ゲランの人、と夫が言う。

車は敷地を徐行して出口へ向かった。すると前庭の隅のほうで、毛皮を着たボスがスコップを持って雪かきをしているのが見えた。

「ちょっと車止めて」

運転席の夫にそう言って窓を下ろした。ボスに呼びかけようとして、彼女の本名を覚えていないことに気が付いた。

もしかしたら私はこのことすら二十字×二十行に打ち出すのだろうかと、その予感に愕然とした。使わずに冷凍しておいても、どうしてもおかずがない時に解凍して料理して、一枚を五千円で売り、自分と家族の腹を満たすのだろうか。猪を捕まえて食べることよりずっと酷い。私の足は夫の隣で震え続けた。

子供おばさん

通夜のあと、中学時代の同級生三人と喪服のまま喫茶店に入った。私が子供の頃から駅前にあるその店は、良く解釈すれば昭和レトロという風情《ふぜい》だが、時代の移り変わりに乗る努力を放棄したという表現の方が合っているかもしれない。ドアのカウベルも、テーブルのガラス天板の下に珈琲豆が敷き詰められているのも、当時は垢《あか》ぬけて感じたものだった。

最後にこの店に入ったのは高校の卒業式の日だった。名残を惜しんで仲がよかったクラスメイト達とフルーツパフェを食べ、日が暮れるまでお喋《しゃべ》りをした。その時と同じ、一番奥にある四人掛けのボックス席に腰を下ろすと、肩や太ももが触れ合ってしまうほどぎゅうぎゅうで、私は軽く衝撃を受けた。あの時とメンバーは違うが、それにしてもこんなに違うものか。かつての少女達が小枝のように細かったわけでも、今目の前にいる中年女達が樽《たる》のように太っているわけでもないのに。黒ストッキングに黒パンプス、化繊の真っ黒な服を着こんだ我々の量感たるや、黒山のようですらある。

痩《や》せねば。せめてもう少し痩せねば。加齢による衰えは仕方ないとしても、このぱつんぱつんの二の腕と太ももをもう少しなんとかしなくては。そう思ったのに、一人が「ここのフルーツパフェなつかしいね、プリンが乗ってるんだよね」と言いだして、なんとなく全員パフェを頼むことになってしまった。

通夜には同級生の男の子達も何人か来ていて、もう男の子ではなくなった彼らに飲みに行こうと誘われたが、もう女の子ではなくなった彼女達とお茶を飲んで帰る方を私は選んだ。抜け駆けするとあとで厄介なことになる、店で一人だけ違うものを頼むと場の空気が悪くなる、そういう感覚が久しぶりに蘇《よみがえ》ってきて新鮮だった。

「それにしても、美和《みわ》、あっけなかったね」

「ねえ、いくらなんでも早かったよね。ご両親もあの歳になって娘が先に死ぬとは思ってなかったでしょうに」

「風邪こじらせて肺炎でなんて、よっぽど体力落ちてたのね」

巨大なパフェをつつきながら彼女達は神妙に話した。話題と食べ物がちぐはぐで、笑っていいのかそこを指摘してはいけないのか考えながら、私はせっせと柄の長いスプーンを動かした。強烈な甘みが舌を痺《しび》れさせる。

「独身同士だし、夕子、仲良かったんでしょ?」

急に話を振られてスプーンを持つ手を止める。三人が私の返事を待っていた。

「あ、んーっと、でもここ何年かはもう疎遠だったかな。前も時々ミクシィで連絡取り合うくらいだったし」

　ミクシィ、懐かしい！　と笑いながら一人が言い、あら私は今もやってるわよともう一人が言う。しまった失言だった、マイミク申請されたら面倒だなと思って曖昧《あいまい》に笑っていたら、うちの子ツイッターがやりたいらしくてスマートフォン買ってくれってうるさいのよ、と話が逸《そ》れてほっとした。

　彼女達の子供はもう高校生や大学生で、恋人と同棲中でもうすぐ結婚という娘もいた。そんな大きい子供がいるの？　とつい驚きが口をついて出た。

「あなた独身だからいつまでも若いつもりかもしれないけど、もうすぐ孫ができる歳なのよ、わたしたち」

　隣からぱしーんと肩を叩かれる。痛い。あとの二人がかしましく笑い声を上げた。そこで無愛想なアルバイトがパフェの器を下げにきて、我々は口をつぐんだ。花柄の紅茶茶碗とジャムの瓶が並べられる。そうそう、この店の紅茶にはジャムが付くのだった。ティーカップは昔とまったく同じ物のように感じられる。一度も割れなかったとは考えにくいので、同じようなカップを買い足して世紀を越えてきたのだろうか。

「若い人の葬儀は盛大だけど悲しいよね」

　紅茶にジャムをぼとんと落として一人が言った。

「そうね。現役だから、人も花も多いけど」

「それにしても、あのセレモニーホールっていうの、味気なくない？　スチール椅子がずらっと並んで会議室みたい」

そうそうと私は頷《うなず》く。白いクロス張りの四角い空間は、備品を入れ替えれば結婚式だってピアノの発表会だってなんだって出来そうだった。

「そうだけどよく出来てるのよ。うちの夫の田舎だと法事でもなんでもお寺さんでやるんだけど、夏は暑いし冬は凍えるし、正座も大変なんだから」

まあねえ、と全員同意し、なんとなく沈黙が漂う。とにかくみんな健康には気をつけましょうよ、と一人が締めくくるようなことを言ったので、それを潮に立ち上がった。

私以外の三人は地元に住んでいるので、店の前で左右に別れ一人で私鉄の駅へと向かった。私の実家がもうこの町にはないことにひっそりと安堵《あんど》した。

私は子供だな、おばさんなのに子供だな、子供おばさんだなと駅の階段を上りながら思った。今はもういない祖母が、飼っていた猫を撫《な》でながら、おまえは赤ん坊を産んでないからいつまでたっても子供だねえと目を細めてよく言っていた。あれの可愛くない版だ。大人になりきれなくて可愛いねえなどと、誰が人間のおばさんの頭を撫でるだろうか。

喫茶店ではパフェなど注文して賑《にぎ》やかにしていたが、主婦達は通夜の席ではちゃんとした大人ぶりを発揮していた。数珠《じゅず》を持って手を合わせ、ガーゼのハンカチの角で目頭の涙を拭い、彼女のご両親にお悔やみを述べていた。私は数珠も持っていないし、涙は出ないし、娘に先立たれた親というものに何と言えばいいかわからなくて、うつむいて立っていただけだった。彼女のお兄さんが私に気がついて会釈《えしゃく》してくれたのに、逃げるようにして出てきてしまった。

神奈川県の真ん中にある、私が育った小さな町の駅には人影がなく、切れそうな蛍光灯が点滅し、羽虫がぶつかるかすかな音さえ聞こえるほど静かだった。今が冬ならよかったのにと私は思った。喪服のまま電車に乗るのが憂鬱《ゆううつ》だった。コートを着こんで喪服を隠してしまいたい。黒いバッグと一緒に手に持った香典返しの紙袋も持って帰りたくない。きっとお茶か海苔《のり》だ。おいしくない安いお茶か海苔。カフェの砂糖みたいな袋に入った清めの塩だけポケットに入れて、あとは網棚に乗せて忘れたふりで置いていきたい。そんなふうに思うなんて私は冷たく、大人じゃない。

警笛を上げて特急電車がホームを通過してゆく。各駅停車が来るまであと三分。それに乗ってターミナル駅でJRに乗り換え、東京駅からさらに地下鉄に乗り換えて、自宅に着くのは日付が変わる頃になるだろう。彼女と私は東京の同じ区内に住んでいた。彼女は地下鉄とJRと私鉄を乗り継いで、たまにはこの町へ帰ってきていたのだろうか。そんなことすら私は知らない。

あまり写りがいいとは言えなかった美和の遺影を思い出す。四十七歳で突然死んだ彼女の無念を思う。今この、電車が来るまでの三分間だけでも、彼女のことを偲《しの》ぼうと眉間《みけん》に力を入れる。悲しくないわけではない。友人だった人間に突然死なれて衝撃がないわけではない。けれど集中しないと私の意識は美和のことを考えまいとしてしまう。

主婦達の一人は「若い人のお葬式」と言ったが、四十七歳は若いだろうか。もちろん死ぬには早い。四十七歳より年上の人からしたら当たり前だが若い。しかし生きている私は、普段もう若いとは言われない。相対的な話なのだから、四十七歳が若いかそうでないか考えたって仕方ないが。

彼女の兄は確か三歳年上だったので今五十歳だろう。五十という数字に改めて驚く。ちらりと見ただけだが、生《は》え際《ぎわ》がものすごく後退していた。五十歳ならまあ順当という感じの禿《は》げ方だった。

私は彼のことを少しだけ好きだったことがある。中学三年の夏休みに一度だけ映画を観に行った。人生初のデートだった。そんなこともすっかり忘れていた。初恋の人の禿げ頭。時の流れは容赦ない。

もしお兄ちゃんと結婚したら私達きょうだいになるね、そしたら楽しいね、と彼女は言っていた。でもそれを言われて私はちょっと恐かったことを覚えている。彼女のことが嫌いではなかったし、むしろ仲のいい、気の合う友達だったのに。未来が固定されるようで激しく腰が引けた。それに映画の帰り、高校三年だった彼に手を握られて、まだ私には受け止めきれない欲望のようなものを感じて怯《おび》え、二度目のデートを断ってしまったのだった。

美和とは別の高校に進学したので自然に会わなくなった。二十代になって就職した頃から年賀状のやり取りも途絶えていたが、三十代の中ごろにコンサート会場で偶然再会した。その頃の私達の歳よりひとまわりも若いアイドルグループのコンサートで、お互い照れくさかったが可笑《おか》しかった。

それからいっとき、私達はとても親しかった。毎日のように連絡を取り合い、日々の些細《ささい》なことまで報告しあった。人と人との関係は時にそれが同性同士でも仕事の関係でも蜜月を迎えることがある。そしてそれはまず例外なく、熟して落ちる果実のように自然に終わるものだ。

あの三人にもっと美和の思い出を語ればよかったかもしれない。でも生前の彼女のことを私は話す気になれなかった。もしかしたら私しか知らなかったかもしれない彼女の私生活。彼女が元気だった時すでに、私は辟易《へきえき》して彼女から離れたのだ。それを今更口に出したくなかった。

私と彼女はもう七年会っていなかった。七年も会っていなかった人間は、ものすごく冷たいようだが三年着なかったジャケットみたいだ。かつては必要だったのに急速に色あせて忘れ去られたもの。そういう風に考えたら少し涙が出た。でもその水滴には粘りがなく、つるっと落ちてそれだけだった。

駅の手前にある警報機が甲高い音で鳴りだした。信号の鈍い赤が線路を照らす。

私が死んだら、やはり誰かに同じように憐《あわ》れまれるのかな。そう思いながら私はパンプスのつま先を見つめる。

もし私が死んだら、葬儀は味気ない葬儀場なんかではなくて、参列者の正座がつらくてもお寺でやってもらいたい。鎌倉に好きなお寺があるのでそこがいい。好きな音楽を流してもらって、花だって辛気臭い菊じゃなく華やかなものを飾ってほしい。薔薇《ばら》はあまり好きではないので色とりどりのチューリップとか。あの世への旅装束もせっかくだから持っている着物の中で一番高いあの草木染めの訪問着にしてもらおうか。いやそれとも歳甲斐《としがい》もなく買ったボッテガ・ヴェネタのサマードレスがいいかな。でもよく考えると鎌倉の寺でチューリップでボッテガ・ヴェネタってあまりにも馬鹿みたいだ。そんなことを言い残されてもまわりは困るだろう。

夜の闇の中から光が差し、カーブを描いて各駅停車が現れた。車内はすいていた。私は隅の席に腰をおろし目をつむって息を吐いた。そしてふいに気づく。今さっき「もし私が死んだら」と考えなかったか。もしじゃない。いつか私も確実に死ぬ。

七年会わなかった人間がこの世から消滅したところで、生活は何も変わらない。

私は一人暮らしだし、平日は仕事だし、休日は掃除をしたり食料品を買いに行ったり、たまには親の機嫌を伺いに実家へ行くこともあるし、友人とコンサートだのミュージカルだの観に行くこともある。交際している男性がいなくても自然と予定が埋まって、それをこなすことで時間はどんどん流れていった。別に暇じゃない。やることはいくらでもあった。

小さな会社のぱっとしない事務仕事でも、それなりに人との関係やトラブルや、喜びや憤《いきどお》りがあって、日常生活に倦《う》むということはなかった。職場の人とお昼を食べて、テレビの話や映画の話をする。新人の女の子が読書家で最近の推理小説を勧めてくれて読んでいる。上司が缶コーヒーのシールを集めていることに気がついて、自分の分をあげたら喜ばれた。子供がそのシールを集めて懸賞に応募するのだそうだ。月末月初で残業が続き、それを抜けると暇になった。そんなふうに普通に過ぎていった一カ月だった。

土曜日の昼前、洗濯物を干しているとき携帯が鳴った。知らない番号からの着信だった。ここのところ昔の同級生達何人かと連絡先を交換していたので、その中の誰かかと思って電話に出ると、美和のお兄さんだったのでびっくりした。あの頭髪の淋《さび》しい五十歳。

絶句している私に彼は突然電話をしたことを詫《わ》び、妹のことでご相談したい案件があるのですが時間を取ってもらえないでしょうかと言った。昔はぽつんぽつんと投げ出すようにしか話さなかった印象なのに、電話の声は淀《よど》みなかった。

「どんなお話でしょうか」

何かをセールスされているような気分になりながら、私は慎重に尋ねた。

「形見分けというのとは少し違うのですが、妹があなたに託したいものがあることがわかりまして。ちょっと込み入っているのでお会いしてお話できませんか」

彼女が私に形見を？　突然の病死だったはずなのに？

「急なのですが明日はいかがでしょうか？　東京に出る用事があるのでお近くまで伺えます。三十分ほどで結構です。もちろん他の日でも、ご都合に合わせますので」

いやだ、なんだか聞きたくない、そう咄嗟《とっさ》に思ったが、もし聞かなかったらあれはなんだったのだろうと一生気にかかったままになるだろう。彼女の遺志を無下にしたことも、ずっと悔やむことになるに違いない。訝《いぶか》しみながらも、翌日の午後、銀座で待ち合わせをすることにした。

その日はもやもやする気持ちを抱えたまま、夕方から歌舞伎を観に行った。大学時代の女友達が、なかなか取れないチケットが運よく取れたと誘ってくれて、ずいぶん前から楽しみにしていたものだった。なのに、贔屓《ひいき》の役者が見得《みえ》を切るのを観てもあまり心が弾まなかった。

終演後、軽く食事をして部屋に戻った。着物を着る機会があるのは華やぐけれど、やはり洋服よりはくたびれる。帯を解いて絽《ろ》の一重を鴨居《かもい》に掛け、下着姿のままぺったり床に座り込んだ。そういえばこの着物は美和と一緒に仕立てたのだった。せっかく作ったけどあんまり着る機会もなさそうだからあなたに譲ってもいい、というふうなことを彼女は言った。似合っているのだから着なさいよ、作ったばかりで何言ってるのと私は呆れて答えた。

そうか着物か。だったらありがたく頂こうか。でももしそうなら、それほど込み入った話でもないだろう。何かを貰《もら》うのは厄介なことだな、やっぱり何も聞かずに断ればよかったかなとまだぐずぐず考えつつ、深夜番組を観るためテレビを点《つ》けた。

翌日私は美和の兄に会い、私に遺されたものを知った。着物どころではなく、それは犬だった。

それもチワワやトイプードルなどの小型犬ではなく、体重二十四キロもあるゴールデンレトリバーだった。犬は雌で六歳だという。私が彼女と会わなくなってから飼いはじめたのだろう。

銀座のスタンドコーヒー店で、彼は広い額の汗をしきりに拭いて「ご足労願ってすみません」と恐縮した様子で頭を下げた。鞄から一冊のノートと、薄茶色の犬の写真を出してテーブルに並べた。そして、負担付遺贈という単語を私は生まれて初めて聞かされたのだった。

その薄いノートの表紙には控え目な書体で、エンディングノートと印刷されていた。そういうものが流行《はや》っていて文房具店などで売っているらしいことは知っていたが、本物を見たのは初めてだった。新品のものさえ見たことがないのに、実際死んだ友人が書いたものだと思うと何とも奇妙な感じがした。

最初のページには、彼女が希望する葬儀のスタイルが書いてあった。無宗教のお別れ会のようなスタイルで、戒名は絶対に付けないで、この人とこの人は葬儀に呼ばないで、花は菊でないものを、白ではなくて色のある花を沢山、季節があえば芍薬《しゃくやく》を棺《ひつぎ》に入れてほしい。遺影と葬儀の時に流す音楽はCD－ROMに入っているもので、遺骨は墓に入れず全てカナリア諸島の海に撒《ま》いて下さい。ざっと読んだだけでもそんなことが書いてあった。

あの通夜の帰り道、私も同じようなことを想像したと思い出し、こうやって書き記してあるとなんと傍若無人なことよと私は顔を赤らめた。しかし、パステルブルーのペンで走り書きしてある様子から、彼女はそう真剣にではなく、軽い気持ちでこれを書いたのではないかと私は感じた。

「遺品を整理していたら引き出しの奥から出てきたんです。もっと見つけやすいところに置いておいてくれればよかったのに」

ずっと硬い調子で話していた彼がふいに砕けた口調で言った。そしてこちらが戸惑ってしまうほどにっこり笑った。破顔すると若い頃の面影と重なった。

「まあ、すぐに見つかったとしても、そんな葬式できなかったけどなあ。カナリア諸島ってどこなんだって調べちゃいましたよ。せめてハワイくらいにしといてくれたらいいのに」

彼の感じのいいぼやき具合に少し緊張が解け私も笑った。そして、うながされて次のページをめくった。そこに私の名前があった。

『友人・仲田《なかた》夕子に現金五百万円を遺贈する。受遺者仲田夕子は、遺贈に対する負担として、遺言者が長年飼育してきた愛犬リリーを引き取り大事に飼育するものとする。』

　何かの手本を見ながら書いたような堅苦しい文章のあとに、私の住所と携帯電話の番号も書かれていた。署名と日付は二年前のものだった。

　ノートと、差しだされた大型犬の写真をじっと見て、私はしばらく言葉を失っていた。

「これって、あの、犬を引き取る代わりに五百万円付けるという意味でしょうか？」

「はい。負担付遺贈というらしいです。でも正式な遺言状ではないので法的拘束力はないんです。あ、役所の法律相談窓口でちゃんと聞いてきました。そこで、もしかしたら生前、飼い犬の譲り先を約束していたのかもしれないから聞いてみたほうがいいと言われて」

「約束なんかしてないです。何も聞いてないです。七年くらい会っていなくて、犬を飼っていたことも知りませんでした」

「そうですか」

　大きな体を縮めるようにして、彼は首《こうべ》を垂れた。お互い無言になってアイスティーをすする。グラスに添えられた彼の左手には結婚指輪が当たり前のようにはまっている。白いポロシャツに普通のチノパン。どちらも洗いたてのようでぱりっとしている。髪は淋しくウエストまわりにうっすら脂肪がついているが、それが浮ついた人生を送ってこなかった証《あかし》のように私には見えた。

　この人と家庭を持つ可能性もないわけではなかったのだと、私はふいに思った。この人と人生を固定したってよかったのに、少女の私は何故《なぜ》ああも恐れたのだろう。どうして好きな人を自分から遠ざけるようなことをしたのだろう。

犬の写真をもう一度私は見た。きちんとお座りをし、黒い瞳でカメラを見上げて舌を出している。まるで笑っているように見える。私は混乱した。

「あの、私、困ります」

ほとんど泣きだしそうになって私は言った。

「引き取ってあげられればいいですけど、狭いマンション暮らしだし」

「そうですよね」

「お兄さんのところでは飼えないのですか？」

「うちもペット不可のマンションですし、子供も三人いてちょっと難しいです。今回のことで母は臥《ふ》せってしまって父も参っています。今は獣医さんが預かってくれているのですが、ずっとというわけにもいかなくて」

彼の言葉に何かこちらを圧迫してくるものを感じた。中学生の私が彼に握られた手を慌てて振りほどいたことを思い出す。私はその五百万円を辞退するのだから、そのお金で犬を飼える家へ引っ越されたらどうですか。お子さんが三人もいるのなら皆で代わる代わる世話できるでしょう。そう言おうとした時、一瞬早く彼の方が口を開いた。

「あの、考えてみて頂くことはできないでしょうか。正直なことを申します。犬と一緒にお渡しする金額は我々には大金です。身内でない方に差し上げるのは惜しいのが本当のところです。両親は高齢だし、子供の学費も馬鹿になりません。かといって犬まで面倒を見るとなると住むところから何から見直さなければならない。できれば、あなたのような身軽な人に引き取って頂けたら犬も幸せだし、淋しかった妹も浮かばれます」

先ほどの砕けた様子は搔《か》き消え、彼は沈痛な声で頭を下げた。私は酸素不足の金魚のように何度か口を開けたり閉じたりした。言葉が出てこない。

「一度、犬を見にきて頂けませんか。おとなしい、かわいい犬なんです」

テーブルの向こうで彼は手をついて頭を下げる。つるりとした頭頂部から私は目をそらし、無言で立ち上がって店の出口へ向かった。震える足に力をこめて通りへと踏み出す。

なんでなんで、なんでなんで、なんでなの。こんな話ってあるだろうか。なんでなの、なんでなんで。頭の中でぐるぐるとそう唱えながら私は歩行者天国の銀座通りを闇雲に歩いた。

もしかして彼は、犬は引き取ってもらいたいけど、お金は辞退しろ、と言いたかったのか。まさか。いくらなんでも。でもたぶんそうなのだろう。自分の都合ばかり並べ立てて、少しもこちらの事情や心中を汲《く》み取ろうとはしてくれなかった。身軽って何よ。この歳で独身なら、なんの責任も負わず気楽に生きているだろうという意味なのか。人のことを馬鹿にして。

それに「淋しかった妹も浮かばれます」とはどういうことだ。彼女が淋しかったかどうかよく知りもしないで決めつけて、浮かばれるとか浮かばれないとか、いくら家族でも、それが慣用句でも、あまりにもひどい言い方じゃないか。

だいたい何故、彼女は私に犬を託そうと考えついたのだろう。私より親しい人はいくらでもいたはずだ。葬儀には沢山の人が来て、あちこちからすすり泣きが聞こえた。私が唯一の友人だったわけじゃない。親友だったわけじゃない。私なんかに頼むより、ずっと付き合っていたあの恋人の方がよかったのではないか。妻のいる男だったけれど、彼は裕福で大きな一軒家に住んでいて、私の何倍も適任じゃないか。何故私なのか。嫌がらせなのか。優しくなかった私への復讐なのか。まさかそんな。

めちゃくちゃに歩いていたら、前から歩いてきた人と肩が強くぶつかった。舌打ちされて、よろけながら慌てて謝った。そして私は歩道の真ん中で立ちつくした。息が上がり、全身が熱を持ち、汗が噴き出してくる。仰いだ空が馬鹿みたいに青い。

私は美和と友達だっただろうか。彼女は私のことをどう思っていたのだろうか。

歳甲斐もなく同じアイドルが好きだった。コンサートも一人で行くより一緒に行けば、あれこれ盛り上がることができて楽しかった。同い年で同じように一人暮らしで、経済的な事情も似通っていたから、お茶でも食事でもあまり気を遣わなくてすんだ。

でも本当に気が合っていたのかというと、よくわからない。表面上はお互い尊重しあって、不公平にならないよう、わがままにならないよう気をつけてはいた。どちらかが仕事の愚痴を漏らせば、つらいよね大変だよね、と相槌《あいづち》を打ち、どちらかが睡眠不足でだるいと言えば、それは大変ゆっくり休んでねと思いやった。決して「誰の仕事だってそれなりにつらいものだ」とか「夜更《よふ》かししてずっとテレビを観ているからだ」とは言わなかった。共感し、肯定し、同調する。それが私にとっての女友達だった。

その共感ごっこがうまく回らなくなったきっかけは、彼女に妻子ある恋人ができたことだった。未来のなさそうな恋愛だったが、美和が好きだというのなら仕方ないと思って何も言わなかった。「誰もいないよりはまし」と彼女が言い、「それもそうね」と頷きつつも、いい歳をして不倫の片棒を担ぐ彼女に対し、内心ではうっすらと反感を持った。

美和は察しのいい人だったから、私に恋人の話をあまりしないように気をつけていた。けれどその分、ネット上の日記に彼との出来事をみっちりと書くようになった。どこのレストランへ行って何を食べた、妻が里帰りをしている隙に彼の家へ行った、泊まりの仕事と偽って小旅行に出かけた。最初は興味半分でそんな日記を読んだりもしていたが、だんだん気が重くなって読みにいかなくなった。日記に添えられる彼女の写真がいつも眩《まぶ》しいくらい満面の笑みで、そして必ず一人きりで写っていて、ファインダーの向こう側にその男が居ることを想像しないではいられなかった。写真には決して写り込まない、黒い影のような男が忌々《いまいま》しかった。

その男との付き合いがだんだん泥沼化してくると、彼女は新しいアイドルを見つけてコンサートに繰り出すようになった。若い女の子達に混ざって派手な団扇《うちわ》を作ったり、深夜まで出待ちをしたりしていると聞いて、私の気持ちはざらついた。たまに会っても彼女は、自分の半分くらいの歳のアイドルと握手をしたことをまくし立てたりして、目の前に座っている私など見えていないような様子だった。まるで自分の甥《おい》っ子の話でもするように「あの子って私服のセンスはいまひとつなのよね」などと彼女が言うのを聞くと、私は力なく微笑《ほほえ》んで疲労した気持ちを隠すのがやっとだった。奥二重で和風のきれいな顔立ちなのに、過剰なマスカラや頬紅をほどこして目の焦点もどこか合っていなかった。思いやりのある、察しのいい彼女はもうどこにもいなかった。

だから私は徐々に、本当に畳の目ほどにじりじりと少しずつ、彼女から離れたのだった。ありきたりな不倫、ありきたりな追っかけ活動。それすら包容力のない私は「そういうことってあるよね」と言ってあげられなかった。彼女と友人だったなんて言う資格は私にはないように思う。一番つらいときに彼女を支えなかった。どこか己の姿を鏡で凝視できないようなつらさがあって、目を背けて逃げたのだった。

それでもいつか、彼女も目を覚ましてくれるのではないかと私は思っていた。不倫相手も、舞台の上のスターも、いざという時は何もしてくれない、もう報われないことに貴重な時間を費やすのはやめたと言ってくれる日がくるのじゃないかと期待していた。でも目を覚ます前に永眠してしまった、いつかという日がこないまま彼女の人生は完結してしまった、そういうふうに感じてしまう私は傲慢《ごうまん》だろうか。

人混みの中に棒立ちになり、私は嵐のような喪失感に襲われていた。

死んじゃうなんてひどい。そう歩行者天国の真ん中で地団駄を踏んで叫びたかった。

少女の頃の彼女はごく当り前な顔をして、なるべく早く結婚して男の子と女の子の双子を生みたい、犬か猫か兎を飼って、大きな公園のそばで暮らしたいと未来を語っていた。夕子ちゃんとお兄ちゃんが結婚したら近所に住んで、一緒に料理をしたりお菓子を焼いたり楽しいだろうね、ずっとずっとおばあちゃんになるまで友達でいようねと言っていた。そうだねそうだね、ずっと一緒なら楽しいね、と私はその夢物語に賛同した。学校からの帰り道、サージの制服の裾を揺らして並んで歩き、でも未来はきっとそうはならないことを私達は二人とも知っていたと思う。

死んじゃうなんてひどい。せっかく犬を飼いはじめたのに、きっとものすごく可愛がっていたはずなのに。あの犬だって美和だけが唯一の家族で、わけもわからず急に一人ぼっちにされてどんなに心細くなっていることか。彼女には二度と会えないことを理解できないまま、人間の都合でどこかへ連れて行かれて注射を打たれて死ぬのだろうか。

かと言って私があの犬を助けることは難しい。里親を探して回るくらいのことしかできそうもない。誰だって急に犬なんか飼えやしない。小鳥や金魚ならまだしも、自分の両手で持ち上げられなさそうな、ふいに襲ってきたら大怪我をしそうな、あんな大きい生き物を飼うには覚悟がいる。私では仕事もあるし、散歩にも満足に連れていけない。私の小さなマンションでは一緒に暮らすことは不可能だ。

そういえば美和はどんな部屋であの犬を飼っていたのだろう。何度か遊びに行ったことがある、あの線路沿いのマンションで、一部屋と台所だけの小さな部屋で、隠れるようにして犬と暮らしていたのだろうか。

私はいま歩いてきた通りを振りかえった。休日の銀座では誰もが明るい顔をして、片手に買い物袋を下げ、もう片方の手では恋人や子供の手を握って歩いていた。途方にくれているのは私だけのようだった。誰か助けてと私は呟《つぶや》いた。


あれから三年、私は五十歳になった。リリーという名の雌のゴールデンレトリバーを引き取って暮らしている。

五百万円は貰わなかった。その代わり美和が住んでいた武蔵野市のテラスハウスを譲り受けることになった。彼女は犬を飼いはじめてすぐ、都心からそこへ引っ越していたのだ。駅まで歩くと三十分以上かかる場所で、すぐそこに地下鉄駅やコンビニがあるようなところで長年暮らしてきた私は最初戸惑った。緑に囲まれ、近くに大きな公園もあり、自転車があればそれなりに買い物もできたので、そのうちに慣れた。何より犬を飼うには適した環境だった。

リリーはもともとそこで彼女と暮らしていたので、私が犬を引き取るというより、犬のところへ私が引っ越すような形になった。

テラスハウスというと聞こえがいいが、言ってみれば長屋のようなものだった。洗濯物を干すため小さな庭に出ると、どうしても両隣の人と顔を合わすので、簡単な世間話くらいはするようになった。隣の奥さんは、美和のことで私にまでお悔やみを言った。そしてリリーが戻ってきたことをとても喜んでいた。

その部屋はあの不倫相手が、手切れ金の代わりに彼女に買い与えたものだった。そのことをずっと読みにいっていなかったネット上の美和の日記で知り、彼女の兄に交渉したのだ。犬を引き取ることと、赤の他人の私にお金を渡すことの両方に難色を示していたのは彼の妻だと後にわかった。もちろんその妻は美和のテラスハウスも売って身内でお金を分けようと主張したらしいが、さすがに彼が叱《しか》りつけておさまったらしい。犬を引き取ることを決めると、お兄さんは目を真っ赤にして何度も何度も頭を下げた。私はだから、数えきれないくらい彼の薄い頭頂部を見ることになった。

初めてリリーと対面したとき、彼女は私にどすんと体当たりをするように抱きついて、ざらついた舌でべろりと顔を舐《な》めてきた。顔が犬の涎《よだれ》まみれになって私は「やめて、汚い」と内心思った。しかし経験したことがない、生き物の涎の生温かさに私はちょっと痺れたのだ。

一緒に暮らしはじめて、最初リリーも私もぎくしゃくしていた。甘えて尻尾をぱたつかせたかと思うと切なげに遠吠えをする。そうすると、それほど犬好きでもない私がこんな暮らしをするのはやはり無理があるのかもと思い悩んだ。彼女が沢山買い置いていたドッグフードも食べたり食べなかったりで、糞も時折ゆるくなった。きつい犬の匂《にお》いがふいに堪《たま》らなくなって部屋を飛び出し、帰りたくなくて公園のベンチに座り、捨ててきた都会の暮らしを思って涙ぐんだりもした。犬の体調のことを獣医に相談にゆくと、私のことまで心配してくれた。用事がなくてもここへ来て、気晴らしにお喋りしていくといいよと獣医は言った。

武蔵野から東京の東側にある会社に通うのが大変で、私はとうとう会社を辞めてしまった。辞めるまではずいぶん悩んだのだが、辞めてしまうとなんであれほど悩んだのか不思議なほど心がすっきりした。

働かないでは生きていけないので仕事を探した。近所のホームセンターの園芸コーナーでパートだが雇ってもらえることになった。パートといっても週に五日、開店から閉店まで働く。そのうち何か正社員の口を探さなければと思っているうちに、三年たってしまった。家と職場が近いので昼休みにいったん戻り、リリーの様子を見ることができるので助かっている。

仕事は屋外での作業が多いし、犬の散歩も当然外を歩き回るので、私はあっという間に真っ黒に焼け、体重がするすると落ちた。久しぶりに母親に会ったら、そんなにやつれて、と心配そうな顔をされた。確かに私は毎日夕方にはへとへとになっている。深夜テレビも見なくなった。

きれいな服はあっても着る機会がないので、着物もドレスも売ってしまった。犬の毛と泥がつくので、洗濯機で洗えるものしか着なくなった。

家も犬も、木立に囲まれた暮らしも、ゆきがかり上、死んだ美和から譲り受けたものだが、私はもうあまり彼女のことについては考えないし、それほど思い出しもしなかった。

仕事も変わったし着るものも変わった。起きる時間も眠る時間も変わった。付き合う人の種類も変わった。しかしそれは表層のことで根本的には私は何も変わっていないように感じた。

早朝の公園にも意外に人がいることを、私はここへ越してきて知った。

私と同じように犬を連れた人、ウィンドブレーカーをかさかさいわせてウォーキングをする年配の夫婦、サングラスをして本格的にランニングをする男性、芝生では時折さまざまな年齢の人が集まって太極拳をやっているし、帰りそびれたらしい若いカップルが眠そうな顔でくっついて歩いていることもある。そしていろんな人がリリーを振りかえって見る。「大きいワンちゃんですね」と声をかけてくる人もいる。

深まる秋の公園のベンチで、私は家で淹《い》れてきたコーヒーをサーモマグから飲んだ。香ばしい匂いを胸に吸い込み、フリースのポケットから甘栗を出して齧《かじ》る。

空には低い雲がたちこめている。耳の先が痺れるほど冷たい。もうニット帽が必要な季節なのだ。

木の枝がざわざわと頭上で揺れる。足元の犬は黒くて大きな鼻で、ふんふんと空気の匂いをかいでいる。新しい冬毛に覆われたリリーの背中は見事な黄金色だ。

すっかりなじんで柔らかくなった革製のリードを持って私は立ち上がる。リリーは私を先導するように歩きだし、私がちゃんとついてきているかどうか何度も何度も振りかえる。はっはっとリリーは白い息を弾ませる。

彼女は晩年、こんな暮らしをしていたのだ。淋しかったかもしれないが、それほど不幸ではなかった。たとえ淋しさを埋めるためのペットであっても、ぬくもりと信頼を惜しみなく向けてくる生き物が身近にあったのだ。

彼女がどうして私に愛犬を託すことにしたのか、その理由はやはりわからない。わからないまま私は暮らしてゆく。答えは出ないことを知っているのに答えを探して歩き回る。

私は週に五日仕事にゆき、休日は犬の散歩と買いだしをし、夜は友人や家族と食事をしたり、風呂の中で推理小説を読んだりする。日常に倦むことはない。

何も成し遂げた実感のないまま、何もかも中途半端のまま、大人になりきれず、幼稚さと身勝手さが抜けることのないまま。確実に死ぬ日まで。

初出

ばにらさま　「別冊文藝春秋」二〇〇八年十一月号

わたしは大丈夫　「オール讀物」二〇〇九年一月号

菓子苑　「小説新潮」二〇一一年一月号

バヨリン心中　「小説新潮」二〇一三年十二月号
（『あの街で二人は』〈二〇一四年六月／新潮文庫〉所収）

20×20　「小説トリッパー」二〇一五年夏季号
（『20の短編小説』〈二〇一六年一月／朝日文庫〉所収）

子供おばさん　東日本大震災復興支援チャリティ同人誌「文芸あねもね」二〇一一年七月
（『文芸あねもね』〈二〇一二年二月／新潮文庫〉所収）

装画　タカノ綾

装丁　大久保明子

山本文緒（やまもと・ふみお）

一九六二年神奈川県生まれ。OL生活を経て作家デビュー。九九年『恋愛中毒』で吉川英治文学新人賞、二〇〇一年『プラナリア』で直木賞を受賞。二一年には『自転しながら公転する』が本屋大賞五位となり、同書で島清恋愛文学賞を受賞。著書に『ブルーもしくはブルー』『あなたには帰る家がある』『眠れるラプンツェル』『群青の夜の羽毛布』『落花流水』『ファースト・プライオリティー』『日々是作文』『再婚生活』『アカペラ』『なぎさ』など多数。

ばにらさま

二〇二一年九月十日　第一刷発行
二〇二三年二月十日　第二刷発行

著　者　山本文緒《やまもとふみお》
発行者　大川繁樹
発行所　株式会社　文藝春秋
〒一〇二－八〇〇八
東京都千代田区紀尾井町三番二十三号
電話　〇三－三二六五－一二一一

印刷所　大日本印刷
製本所　大口製本
DTP組版　エヴリ・シンク

ISBN978-4-16-391426-8